W0285665

Nadia Sdraiati

La Pietra degli Dei

edizioni
PONTEGOBBO

Collana *"Itinerari narrativi"*

In copertina: il Disco di Festo.

© Vietata la riproduzione
Edizioni Pontegobbo
Loc. Moglia, 4-29022 Bobbio (PC)
tel. 0523.960178
Via Emilio Po, 363-41126 Modena
telefax 059.3367183
info@edizionipontegobbo.com
www.edizionipontegobbo.com

I

Fin da bambino subii il fascino delle antiche civiltà; pertanto, dopo gli studi classici, scelsi la facoltà universitaria che mi avrebbe portato a dedicarmi alla mia passione: l'archeologia.
Ora, solo nel mio studio, alla soglia dei quarant'anni, docente universitario affermato, facevo bilanci sulla mia vita e azzardavo qualche progetto per il futuro.
Era un venerdì, pomeriggio avanzato; un'altra settimana era trascorsa velocemente, senza che quasi me ne rendessi conto. Fuori finalmente il sole era riuscito a crearsi uno spazio tra le nuvole, i suoi riflessi mi mettevano allegria e sorrisi felice alla chiamata al cellulare di Marisa che mi invitava perentoriamente a trascorrere il fine settimana da lei.
Marisa era la moglie di Thomas Wilson che, arrivato in Italia dall'Inghilterra per perfezionare i suoi studi, si era legato a mio padre con una profonda amicizia. Entrambi nel tempo si erano stabiliti con le rispettive famiglie in un antico borgo della Val Tidone, un luogo ricco di storia e di castelli, facilmente raggiungibile da Milano. La mia infanzia qui era trascorsa felice e avevo ricordi indimenticabili di quel periodo.
Scuotendomi da questi pensieri, salii in auto e poco dopo ero sulla strada per la Val Tidone. Marisa mi aveva informato che sarebbe stata presente anche Elisabeth, la loro prima figlia, a cui si era aggiunto, quasi dieci anni dopo e inaspettatamente, Matteo. Ely, come tutti la chiamavano, aveva ormai ventotto anni e io non la vedevo da tempo. Dopo il liceo classico, aveva deciso di proseguire gli studi in Inghilterra dai nonni paterni, pensando che avrebbe avuto maggiori possibilità di occupazione. E così era stato. Dopo un brillante percorso universitario, aveva vinto con una dura selezione un concorso per Archivista presso la Santa Sede.
Mentre percorrevo stradine strette circondate da risaie, dove tutto si compiva ancora seguendo i ritmi lenti della natura, mi imbattevo ogni tanto in un mezzo agricolo che rallentava il mio andare tranquillo, proprio di chi sta per trascorrere un fine settimana con

gli amici. Non avevo fretta. Volevo godermi il termine di quella meravigliosa giornata di metà settembre, quando i raggi del sole ancora alto iniziano ad essere meno abbaglianti.
Le sbarre abbassate al casello ferroviario mi obbligarono a fermarmi; mentre attendevo il passaggio del treno, il mio sguardo si posò sullo specchietto retrovisore dove notai i miei occhi stanchi, di chi pensa molto al lavoro e poco al diversivo. Barbara, la mia ex fidanzata, mi diceva sempre che ero 'muffo' come le mummie che studiavo. In effetti, ero sempre stanco per uscire a divertirmi, sempre impegnato a leggere scartoffie e mai presente come lei avrebbe voluto.
Questo sistema di vita che mi ero costruito intorno a me sembrava normale. Lei invece era sempre pronta ad incontrare gente nuova e aveva energia da vendere; e certo non si risparmiava nel suo lavoro di ideatrice di programmi informatici per aziende. Era grazie a lei se riuscivo a mettere le mani sulla tastiera del computer e a capire qualcosa di un mondo tecnologico che non mi apparteneva.
Un giorno, Barbara decise che ne aveva abbastanza e pose fine alla nostra convivenza. La vidi semplicemente prendere la valigia e andarsene senza voltarsi. In silenzio, incapace di reagire a ciò che mi stava accadendo, la lasciai andare, chiudendo la porta alle mie spalle e non la rividi più.
Non avevo poi avuto storie importanti, solo relazioni che iniziavano e finivano nel giro di poche settimane. Il motivo era, secondo il mio amico Paolo, che le donne erano affascinate da me e dal mio lavoro, ma quando si rendevano conto di quanto ero monotono e noioso mi abbandonavano.
"Eppure sei un bel ragazzo!" mi diceva sempre.
Tutti i miei amici concordavano sul fatto che avevo fascino, ma asserivano che mi mancava quel pizzico di intraprendenza, quella verve spumeggiante che ti faceva sembrare il più simpatico della compagnia. Facile a dirsi, ma non a farsi per uno timido come me.
Paolo era infastidito dal fatto che le donne erano attratte da me e io neppure me ne accorgevo. Se lui fosse stato al mio posto ne avrebbe certamente approfittato. Le occasioni comunque non gli

mancavano perché aveva una simpatia travolgente e una dialettica da 'serpente incantatore' tale che ad un certo punto non guardavi più l'aspetto esteriore. Ero io che lo invidiavo per questo.
Così rimuginando, arrivai a Villa Fiorita dove il cancello era aperto in segno di accoglienza. Mentre parcheggiavo, i miei ospiti uscirono di casa e mi vennero incontro salutandomi con calore. Risposi con sincerità ai loro abbracci affettuosi, riservati alle persone care, e non mi avvidi di Elisabeth, seduta sui gradini dell'ingresso principale.
"Ah bravo! Solo perché non ho gareggiato per correrti incontro e non ti ho messo le braccia al collo… neanche mi vedi!".
Mi voltai al suono della sua voce, poi le sorrisi allungando le braccia e lei si alzò e mi abbracciò come se fossi il fratello maggiore che non vedeva da anni.
"Oh Ely! Quando ci siamo visti l'ultima volta non eri così, sei… cambiata!" le confessai.
"In meglio, spero! Tu invece non sei cambiato affatto! E comunque ti ricordo che l'ultima volta, come dici tu, risale a dieci anni fa!".
Mentre parlava, mi fissava dritta negli occhi. Era una sua caratteristica fin da piccola: un atteggiamento che ti metteva in imbarazzo anche se la conoscevi da tempo.
Era cambiata davvero la 'piccola Ely'. Allora era una ragazzina un po' tondetta, con i capelli sempre legati con un elastico del colore della maglietta. Abbinava bracciali multicolori che non abbandonava mai, soprattutto a scuola; diceva che erano i suoi portafortuna. Le scarpe da ginnastica completavano un abbigliamento poco elegante, come le faceva sempre notare sua madre. Ma lei era soddisfatta di quello che vedeva allo specchio, si sentiva a suo agio… elegante o no.
Ora mi trovavo davanti una donna completamente diversa. Snella tanto da sembrare più alta, i capelli ramati sciolti sulle spalle le incorniciavano un viso delicato, gli occhi verdi acuti e penetranti, la mancanza di trucco metteva in risalto una pelle chiara e vellutata: era di una bellezza che affascinava. Colpiva soprattutto la somiglianza col padre.
"Vieni, entriamo, sei arrivato giusto per l'aperitivo!" disse Thomas.

Villa Fiorita si trovava sulle prime colline al termine della Pianura Padana; era un antico casale in sasso ristrutturato con i materiali originali che mantenevano il suo antico fascino. Un gioiello. In giardino una fine ghiaia bianca formava vialetti attorno a grandi aiuole con cespugli che, a seconda delle varie fioriture, portavano in ogni mese dell'anno gioia e colore. Nel parco grandi pini e tigli facevano ombra all'abitazione, per cui era sempre gradevole nella bella stagione sostare all'esterno, certi di non percepire il caldo umido della pianura. All'interno i pavimenti in cotto facevano risaltare i soffitti a volta in mattoni, mentre le pareti chiare mettevano in evidenza l'arredamento in stile inglese.
"Allora, Simone, è passato un bel po' di tempo dall'ultima volta che sei venuto a trovarci" disse Thomas porgendomi l'aperitivo.
"Sì, è vero" gli risposi portandomi il bicchiere alla bocca, "il tempo che ho a disposizione è sempre limitato, incontro difficoltà perfino a vedere in che stato si trova la casa dei miei genitori!".
In verità, ogni volta che raggiungevo la casa in cui ero cresciuto, mi prendeva una stretta al cuore e un nodo in gola difficile da inghiottire. Avevo perso i miei genitori cinque anni prima in un terribile incidente stradale. Mi dissero che erano morti sul colpo e che non avevano sofferto, ma da quel momento iniziai a soffrire io: ero rimasto solo al mondo; essendo figlio unico, fra noi si era creato un legame speciale che niente e nessuno riusciva a ricreare in me.
Con i Wilson mi rilassavo e mi sentivo in famiglia, ma in quei momenti di felicità sentivo ancor di più la mancanza dei miei cari e la sofferenza si acutizzava. Per quel motivo declinavo spesso gli inviti a Villa Fiorita.
La serata trascorse comunque serena anche per me nel ricordare questo o quell'avvenimento che, in un passato non tanto lontano, ci aveva permesso di trascorrere giornate allegre in compagnia. Fino a quando Thomas, dopo aver bevuto il caffè tutti insieme in salotto, disse che doveva parlarmi di una questione delicata a quattr'occhi e mi accompagnò nel suo studio.
La stanza era invasa da antichi volumi rigorosamente allineati e sulla scrivania facevano mostra di sé pergamene arrotolate

chiuse da sigilli: faceva parte del suo lavoro studiare e analizzare manoscritti antichi. In quella stanza c'era tutta la sua vita.
"Simone, da tempo voglio parlarti, ma tu hai sempre rifiutato gli inviti. Conosco il motivo e non te ne faccio una colpa, ma ora è arrivato il momento che tu sappia cosa è successo cinque anni fa" disse Thomas senza preamboli, mentre chiudeva la porta dello studio.
"Thomas, lo so che è stato un momento difficile anche per te, ma continuare a ricordare il passato non aiuta nessuno!" risposi deciso.
"Certo! Ma proprio per questo ho l'obbligo di spiegarti perché tuo padre e tua madre, il giorno dell'incidente, stavano venendo da te".
Mio padre non andava mai oltre gli ottanta chilometri orari, diceva che si raggiungeva ugualmente la meta prefissata, bastava partire prima. Non avevo mai capito il motivo per cui, il giorno dell'incidente, il contachilometri dell'auto si fosse fermato sui centotrenta dopo l'impatto.
"Ti prego, ascoltami attentamente perché è importante! C'è qualcosa di strano nella morte dei tuoi genitori" disse guardandomi fisso negli occhi.
"Come strano? Spiegati meglio, Thomas! Qualche cosa di strano c'è sicuramente in un'auto che va a sbattere contro un albero a centotrenta all'ora. Soprattutto quando sai che l'uomo che la guida viaggia sempre prudentemente!" esclamai iniziando a tradire una certa agitazione. "Dall'autopsia emerse che mio padre aveva assunto degli ansiolitici, ma ti assicuro che ci sentivamo spesso e mia madre non aveva mai fatto cenno a problemi di ansia. Comunque l'esito finale della necroscopia attribuì la causa della morte a un malore".
"Figliolo, quella mattina tuo padre ricevette un pacchetto con una lettera il cui contenuto evidentemente lo agitò. Venne qui a casa mia e me la fece leggere; devo ammettere che anch'io rimasi sbigottito".
"Di che lettera parli? Io non ho mai visto niente" dissi nervosamente.

"Fammi continuare, ti prego, Simone, non rendermi tutto più difficile". Thomas, più agitato di me, continuò: "Tuo padre mi portò la lettera perché voleva che la leggessi per avere un parere. Si trattava di una pergamena scritta in latino con tanto di sigillo papale. Mi misi a leggere e subito sollevai lo sguardo fissando tuo padre che stava sudando copiosamente. Gli chiesi da dove provenisse e lui rispose che gli era stata consegnata al mattino, ma il mittente era sconosciuto. Continuai a leggere, mentre le mie mani iniziavano a tremare: era una missiva di Gregorio X, il papa piacentino, in risposta a quella inviatagli da Vicedomino Vicedomini, frate francescano, pure lui nato a Piacenza e probabilmente parente del Pontefice. Nell'epistola il Papa parlava di un compito portato a termine, dell'intera Umanità messa in salvo, della Pietra degli Dei e del suo significato che nessuno avrebbe mai scoperto".
"Cosa? Mi stai dicendo che avevate tra le mani un documento in cui si parlava di salvezza dell'Umanità?" gli domandai perplesso.
"Sì, proprio così" annuì Thomas, "ma il problema è che non sapevamo a cosa si riferisse. La lettera era datata 10 novembre 1274 e faceva riferimento all'epistola di Vicedomini ricevuta da Gregorio X circa due anni prima. Niente di più".
"Fatico a capire. Se così fosse, la questione avrebbe un'importanza addirittura mondiale!" dichiarai pensieroso e agitato nello stesso tempo.
"Esatto! Ma il problema è che subito dopo l'incidente la lettera è sparita. Eppure i tuoi genitori l'avevano con sé: mi avevano detto che si sarebbero recati subito a Milano per mostrartela. Ma, considerando che tu hai ricevuto gli effetti personali che erano nell'auto e di quella lettera non hai mai parlato, deduco che se ne siano perse le tracce" puntualizzò Thomas.
"Infatti! Ti ripeto che della lettera non ho mai saputo niente. Probabilmente mio padre quel giorno non me ne ha voluto parlare al telefono di proposito; preferendo l'incontro a quattr'occhi per evitare qualsiasi rischio" affermai cercando di trovare una spiegazione logica.
Ero in preda a un certo nervosismo che non riuscivo a

nascondere. Come era possibile che, dopo tanti anni, quello che pensavo un tragico incidente stradale ora iniziasse a trasformarsi in un probabile complotto ai danni di mio padre? E poi, chi aveva inviato il pacchetto? Chi aveva l'esigenza di far leggere un documento del genere proprio a lui? Tutto ciò mi stava travolgendo come una valanga.

Poi, voltandomi verso Thomas che mi osservava passeggiare freneticamente, gli chiesi: "Perché non me ne hai mai parlato in tutti questi anni?".

"Perché avevo paura!" rispose in modo fulmineo. "Tu che avresti fatto? Vedi che al tuo migliore amico, che ha ricevuto un pacchetto chissà da chi e il cui contenuto scotta come il fuoco, capita un terribile incidente che non gli dà scampo... se permetti rimango nell'ombra e dimentico di aver visto quella lettera! Poi non sapevo con chi tuo padre avesse avuto contatti per questo tipo di ricerche. Non ero partecipe. Di conseguenza era meglio per me e per la mia famiglia fingere di non sapere; in fin dei conti la lettera l'avevo letta appena prima della loro partenza e nessuno poteva sapere che anch'io ne fossi al corrente!".

"Hai ragione. In effetti anch'io avrei fatto la stessa cosa, ma non capisco il motivo per cui mi stai riferendo tutto ora!" affermai incuriosito.

"Perché temo che tutti i miei sforzi per restare fuori dalla questione siano stati vani" disse nervosamente, guardando dalla finestra un giardino illuminato dal chiaro di luna.

"Non capisco. Mi stai dicendo che qualcuno è al corrente di quanto è successo la mattina dell'incidente?".

Thomas si voltò. Mi resi conto che era impaurito, aveva un'espressione che non gli avevo mai visto prima: era pallido, con gli occhi sbarrati, le sopracciglia aggrottate e la fronte piena di rughe.

"Purtroppo credo di sì" rispose sedendosi pesantemente sulla sedia della scrivania con l'espressione di chi deve svelare altri segreti. "Questa mi è stata recapitata la settimana scorsa e da allora non ho più dormito!" mi disse porgendomi una lettera estratta da un cassetto fino a quel momento chiuso a chiave.

Sul foglio anonimo lessi le seguenti parole: "Le ordino di portare a termine il lavoro che il signor Fontana ha iniziato. Quel giorno, a casa sua, non venne solo per salutarla… vero, signor Wilson? Avrà presto mie notizie".
"Ma come… dopo tutti questi anni… perché solo ora?" balbettai, "perché l'autore di questa lettera non si è presentato prima?".
"Non lo so, Simone, non lo so!" disse Thomas alzandosi con l'aria esausta di chi ormai sta passando giorno e notte a pensare a quanto scritto sul foglio. "So solo che mi trovo in una situazione assurda... è come se fossi davanti a un muro e mi venisse chiesto di oltrepassarlo senza usare la porta! Sono in difficoltà, temo per la mia famiglia, non so che fare e da dove cominciare per portare a termine un compito che non ho ben presente cosa sia".
"Forse mio padre stava facendo ricerche per conto di qualcuno che poi si è rivelato persona di pochi scrupoli e ha deciso di interrompere i rapporti. O forse si è limitato a tradurre pergamene il cui contenuto non doveva essere divulgato. La realtà è che ora mi trovo a dover cambiare il mio punto di vista riguardo a un incidente avvenuto cinque anni fa; in più mi sento coinvolto emotivamente nei tuoi confronti. Temo siate tutti in pericolo… Dio mio!" esclamai, mentre i miei pensieri si aggrovigliavano come rami di rovi, terribilmente fitti e pungenti.
"Che posso fare?" mi domandò Thomas. "Ti ho voluto parlare di quanto accaduto per avere un consiglio, un aiuto su come uscire da questa situazione. Lo so che, così facendo, ti ho sconvolto, ragazzo mio, ma mi sento fragile, senza idee. È difficile immaginare cosa potrà succedere se non mi atterrò a quanto mi sarà chiesto, quando questi sconosciuti si metteranno in contatto con me. Ormai è passata una settimana e temo che, nei prossimi giorni, guardando nella cassetta della posta, potrò trovare il seguito di questo maledetto foglio!".
Thomas sudava e le mani gli tremavano. La sua agitazione era tale che ne ero impaurito anch'io. In pochi minuti era riuscito a sconvolgere il mio equilibrio. Mi sentivo come chi ha perso tutte le proprie sicurezze, la vita non si presentava più come una strada spianata e sicura, ma piena di buche e pericoli.

"Thomas, facciamo così: ora siamo troppo agitati entrambi; per questa sera ce ne andiamo a letto tranquilli, o almeno ci proviamo. Domani vedremo come agire" proposi pur sapendo che non sarebbe stato facile.
Uscimmo dallo studio e, una volta raggiunti gli altri in salotto, Elisabeth immediatamente si rivolse al padre: "Ehi, ma che è successo? Più che un incontro a quattr'occhi, mi sembra sia stato un incontro con un fantasma! Tutto bene? Non avete un bell'aspetto voi due" disse facendo una smorfia.
"No, Ely, non ti preoccupare! Simone e io siamo finiti, purtroppo, sul discorso dell'incidente e…".
Stava per continuare, quando Marisa lo interruppe, visibilmente seccata: "Ma non eravamo d'accordo di non parlarne più? Soprattutto con Simone! Guardati ora! Proprio l'altro ieri il medico ti ha trovato la pressione alta…".
Dopo lo sfogo di Marisa, decidemmo tutti di comune accordo che era meglio andare a dormire per cercare di calmare gli animi.
La mia camera da letto, riservata agli ospiti, era molto accogliente. Appoggiai la giacca sulla poltroncina accanto allo scrittoio e mi lasciai cadere sul morbido materasso. Ero sfinito, più emotivamente che per la stanchezza fisica. Ciò che Thomas mi aveva riferito poco prima mi aveva destabilizzato. Ero immobile, con gli occhi fissi al soffitto, pensando a quello che potevo fare, ma non riuscivo a concentrarmi: la mia mente era ingombra di cattivi pensieri. Alla fine, tuttavia, riuscii ad addormentarmi.
Al mio risveglio, il giorno seguente, mi sembrava tutto un brutto sogno, ma non era così! Scendendo per la colazione e vedendo Thomas in giardino, ritrovai le stesse emozioni. Nulla era cambiato.
"Buongiorno a tutti!" esclamai fingendo una calma che ero ben lungi dal provare.
"Buongiorno a te, hai dormito bene?" mi chiese Marisa premurosamente.
"Grazie, ho dormito benissimo, ero stanco e sono letteralmente crollato!" risposi sfoderando un sorriso sincero, di quelli che ti trasmettono sicurezza.

Durante la colazione, mentre insieme cercavamo di organizzare le due giornate che ci attendevano, Elisabeth rimase parecchio al telefono passeggiando nervosamente avanti e indietro.
"Bene, vacanze finite!" disse poi con aria dispiaciuta, "devo partire domani per riprendere il lavoro lunedì mattina, accidenti!".
"Ma come, tesoro? Dovevi restare ancora una settimana..." chiese la madre delusa.
"Un mio collega è caduto dalla scala, mentre stava prendendo un fascicolo, e ora è immobilizzato in ospedale. Non so per quanto tempo ne avrà!" dichiarò scontenta. "E devo partire per forza! Lunedì gli Archivi riaprono le porte a chi è in lista per visionare documenti e pergamene, per cui c'è bisogno del personale addetto".
Elisabeth era davvero dispiaciuta: non solo perché si stava perdendo l'ultima settimana di vacanza, ma anche per aver rattristato i suoi familiari.
Alle prime luci dell'alba del giorno seguente, non potemmo fare altro che accompagnare Elisabeth alla stazione di Piacenza. Il treno per Roma l'avrebbe riportata nella sua nuova città d'adozione, lasciando un gran vuoto in casa Wilson.
Ritornati a Villa Fiorita, Thomas mi prese in disparte, con il pretesto di mostrarmi la vallata ricca di filari pronti per la vendemmia, e mi disse: "Simone, ho pensato molto a quanto ti ho riferito e sono dispiaciuto di averti procurato tormenti ricordandoti avvenimenti spiacevoli. Ma ora ho bisogno del tuo aiuto!".
"Non c'è alcun problema, Thomas, il mio sostegno è scontato! È come se aiutassi mio padre".
"Ti chiedo di scoprire con chi tuo padre ha avuto a che fare negli ultimi tempi. Magari a casa sua ci sono documenti importanti di cui non conosco l'esistenza. Se trovassimo lettere che gli sono state recapitate, forse riusciremmo a capire con chi abbiamo a che fare e ad anticiparne le mosse. Non credi?" propose fiducioso e sicuro di aver dato il consiglio giusto.
"Certamente! L'unica strada da seguire sembra questa. Mi prenderò qualche giorno di congedo e vedrò di cercare eventuali collegamenti".

II

Ero tornato a Milano dove vivevo in un piccolo appartamento vicino ai Navigli, in uno stabile dei primi anni Novecento ristrutturato e dotato di ogni comodità. La zona era tranquilla e garantiva una certa quiete.
Appena entrato appoggiai a terra un grosso scatolone, prelevato un'ora prima dalla casa dei miei genitori, per poter cominciare a srotolare la matassa che Thomas mi aveva messo tra le mani. Dovevo sapere quello che era successo cinque anni prima.
La sera stessa decisi di visionare tutto il materiale che avevo allargato sul pavimento del salotto. Seduto a terra cercavo di catalogare il cartaceo che avevo tra le mani seguendo un senso logico: in base a date, contenuto e provenienze. Lo sguardo passava velocemente su quella distesa bianca, ma non riuscivo a trovare nulla che potesse essermi d'aiuto.
Passai così anche la sera seguente, ma senza risultato. Ero sfiduciato, sicuro che non avrei più trovato quello che speravo.
Passai una settimana cercando di capire la strada da seguire per venire a capo di tutto, poi ricevetti una telefonata da Marisa che, molto agitata, mi riferiva che non aveva più notizie di Thomas.
"Non lo senti da giorni? E dov'è andato?" le domandai preoccupato.
"Mi ha detto che doveva andare a Roma per lavoro e coglieva così anche l'occasione per passare a salutare Elisabeth, ma quando questa mattina l'ho chiamata, per chiederle come mai suo padre non mi avesse ancora contattata, lei non l'aveva né visto né sentito! Abitualmente non gli telefono per non disturbarlo. Il nostro accordo è sempre stato che chiamasse lui. Ma questa mattina, visto che erano passati già alcuni giorni senza sue notizie, ho provato a contattarlo, ma lui non risponde, nonostante il cellulare continui a squillare".
Cercai di rassicurarla dicendole che avrei contattato Elisabeth e avrei preso il primo treno per Roma.
"Intesi, chiamami in qualsiasi momento" disse nervosamente.
Telefonai ad Elisabeth per dirle che dovevo metterla al corrente sulla vicenda che suo padre mi aveva raccontato, ormai non

poteva più restarne esclusa, avevo bisogno del suo aiuto, ma ancora di più… temevo per lei.
Il giorno seguente, mentre in treno stavo raggiungendo la capitale, mi arrivò una telefonata di Elisabeth: "Simone, per fortuna ti ho trovato! È importante che ci incontriamo al più presto; è successo qualcosa di cui devo parlarti immediatamente!".
Giunto in stazione, presi un taxi e mi feci portare in un prestigioso hotel affacciato su piazza San Pietro. Nel giardino interno, lontano dalla confusione, attesi l'arrivo di Elisabeth che non tardò.
Non potei fare altro che notare il suo stato d'agitazione, mentre mi spiegava che suo padre l'aveva contattata telefonicamente la mattina stessa all'alba. Con voce tremante le chiedeva aiuto, soprattutto la pregava di mettersi in contatto con me, perché io ero l'unico al corrente della situazione. Aggiunse che il padre si trovava in pericolo a causa di una lettera di cui ero a conoscenza e di cui solo io potevo cercare la soluzione.
"Questa lettera, di cui ti ha parlato mio padre, che cosa riguarda?" mi chiese Elisabeth non appena ebbe terminato il racconto.
Le spiegai quello che Thomas mi aveva riferito quel giorno a Villa Fiorita, del contenuto della lettera arrivata a mio padre e poi sparita inspiegabilmente, dell'incidente capitato ai miei genitori, dell'ordine ricevuto da suo padre di finire il lavoro iniziato dal mio, pur non essendo a conoscenza di cosa fosse.
Elisabeth mi ascoltava attenta senza interrompermi, con l'espressione di chi non crede alle proprie orecchie; poi esclamò: "Ma è terribile! E adesso che facciamo? Mio padre stamattina mi ha detto che è ospite presso 'amici' che si prendono cura di lui e non gli fanno mancare nulla, ma non ha libertà d'azione, è controllato in ogni sua mossa da una persona che gli sta sempre vicino. Ha aggiunto che lo lasceranno partire non appena avranno raggiunto l'obiettivo prefissato. Dio mio! Dopo quello che mi hai raccontato, ora temo anche per la sua vita! Sarebbe meglio chiamare le Forze dell'ordine, avvisarli di tutto e fare la denuncia di scomparsa!".
"Sì? E cosa racconti? Che ci sono persone che prima hanno ucciso i miei genitori e ora hanno rapito tuo padre, tutto per una

lettera del Milleduecento? Penso invece che la prima mossa da fare sia trovare ciò che ha scritto Vicedomini di così importante da meritare risposta da parte di papa Gregorio X. E qui arrivi tu col tuo lavoro!” le dissi osservandola dritta negli occhi.
“Cosa? Ma tu sai che mi stai chiedendo?” rispose allarmata, “vorresti che mi mettessi a cercare una lettera negli Archivi più controllati del mondo e sperare di passarla liscia? Non è assolutamente fattibile!”.
“È un rischio, ma dobbiamo provare!” replicai consapevole di quanto le stavo chiedendo.
“Dobbiamo provare? Ti ricordo che così rischio tutto: lavoro, reputazione, mio padre… oh santo cielo, ma come faccio, come puoi chiedermi una cosa del genere?” mi supplicò Elisabeth.
“Ti ricordo che anche i miei genitori sono morti per quella lettera! Pensi davvero che se non venissimo a capo di questa faccenda, le cose potrebbero andare per il meglio? Ormai siamo coinvolti, che lo vogliamo o no!”.
Elisabeth, smarrita, si era portata la mano alla fronte come se il gesto l’aiutasse a pensare meglio: rifletteva sul modo migliore per portare fuori dagli Archivi il documento senza farsi scoprire.
Ci accordammo per incontrarci la sera e mettere a punto ‘il piano di guerra’. Al suo rientro al lavoro Elisabeth avrebbe osservato attentamente la posizione delle telecamere, degli allarmi e del servizio di sorveglianza per sapere come muoverci a colpo sicuro.
Il giorno seguente, Elisabeth si recò al lavoro cercando di controllare il suo comprensibile nervosismo. Passò, come d’abitudine, davanti agli addetti del servizio di vigilanza; proseguì diretta verso il Cortile della Pigna e, attraversandolo, arrivò al braccio nuovo del Museo Chiaramonti. Svoltò a destra per proseguire verso gli Archivi Segreti che erano affacciati sia sul Cortile della Biblioteca sia sui Giardini Vaticani e prese servizio alla sua postazione nella Sala Studio vecchia.
Qui prese ad esaminare l’elenco delle persone che da lì a poco avrebbero invaso le stanze. Davanti a lei si aprivano due file di banchi forniti di lampade per agevolare la lettura. Sul lato opposto si trovava una imponente porta in legno per mezzo della quale

si accedeva direttamente alla Biblioteca Vaticana. La Sala Leone XIII invece era una sala studio affacciata sui Giardini Vaticani; in questa stanza, gli aventi autorizzazione potevano prendere visione dei Cd rom degli Archivi e fare richiesta degli originali a cui erano interessati. Era fornita di migliaia di volumi raccolti in scaffali oppure in armadi bianchi. Al centro, su un enorme tavolo in legno, i computer per le ricerche.
Qui Elisabeth, muovendosi con discrezione, iniziò a visionare l'Archivio Garampi, dedicato nel Settecento all'ideatore di uno schedario con un notevole numero di documenti dal XIII al XVIII secolo. La lettera che cercava doveva per forza trovarsi in questo schedario. Cercò nei volumi protocollati riguardanti gli Abati, ma la ricerca richiedeva tempo. Non poteva permettersi di farsi notare mentre trascurava il proprio lavoro; così decise di continuare il giorno seguente.
La mattina dopo, Elisabeth stava continuando la sua ricerca, quando qualcosa attirò la sua attenzione. Accanto ai vari documenti relativi a Gregorio X vi era una frase in latino: *Placet motu proprio.* Con questa frase il Pontefice dimostrava di muoversi di propria iniziativa, in modo non ufficiale. In Elisabeth si accese la lampadina: la strada da seguire era quella di cercare nei documenti privati.
Nelle sale degli Archivi vi era abbastanza movimento, tanto da non notare che la signorina Wilson si allontanava e, girando a sinistra, si infilava in un corridoio riservato al personale di servizio dove, alla fine, proprio davanti a sé, trovava l'ascensore per raggiungere i sotterranei. Qui c'era il deposito dei nuovi locali, ricavati nel sottosuolo del Cortile della Pigna. L'enorme area, costituita da cinquantaquattro chilometri lineari di scaffali, aveva la struttura di quegli enormi parcheggi cittadini che sprofondano nel sottosuolo per alcuni piani.
Elisabeth scese al secondo piano a venti metri di profondità. L'archivio ben illuminato aveva il soffitto basso ed era in cemento armato grigio come il pavimento. Su quest'ultimo, in mezzo ai corridoi principali, era posizionata una striscia adesiva gialla; la sua funzione era quella di guidare chi si addentrava in quei labirinti ed era intervallata solo da frecce indicanti l'ingresso di

altrettanti corridoi minori, dove si trovavano gli scaffali uno di fronte all'altro. I ripiani, su cui erano stipati migliaia di volumi e contenitori per documenti, erano così ben allineati da formare tanti blocchi in quadratura che permettevano la visuale in ogni direzione. Difficilmente vi si scendeva per visionare volumi; solitamente il personale addetto portava la documentazione richiesta nelle apposite Sale Studio.
Elisabeth, dopo un rapido sguardo alle etichette dei tanti cassetti, ne aprì uno e iniziò a sfogliare i vari cartoncini dalle molteplici annotazioni. Finalmente trovò la voce che le serviva: B 3-552, 4. Velocemente andò verso il settore B, cercò la sezione 3. Allo scaffale 552 ripiano 4 iniziò la ricerca, leggendo le varie etichette. Era così concentrata da non accorgersi che una figura si stava avvicinando alle sue spalle.
"Signorina Wilson! Sta cercando qualcosa in particolare?" disse improvvisamente una voce facendola sobbalzare.
"Padre Attilio, mi ha spaventata!" rispose mettendosi una mano sul petto.
Padre Attilio de Dominicis era l'addetto all'Archivio sotterraneo, a lui ci si doveva rivolgere per il prelievo dei raccoglitori, ma era assente nel momento in cui Elisabeth era scesa, per cui la ragazza aveva deciso di avviare le ricerche senza alcun permesso.
"Lei sa che il regolamento prevede che io sia contattato immediatamente appena si entra in questi locali!" spiegò l'anziano prelato.
"Sono mortificata, Padre, ero concentrata nella ricerca e ho agito senza pensare, mi perdoni!" replicò Elisabeth stringendosi nelle spalle, sapendo di essere nel torto.
"Ma certo che la perdono!" si affrettò a dire padre Attilio sorridendole, "altrimenti che uomo di Chiesa sarei? E mi dica, signorina, che stava cercando nello specifico?".
"Devo cercare le lettere private ricevute da papa Gregorio X durante il suo pontificato, mi servono domani per un professore di Milano. Così mi preparavo anticipatamente il lavoro, per non fare attendere troppo l'ospite" mentì.
"Ma certo, signorina, bene! Vedo che il suo impegno per questo

lavoro merita lode" affermò il frate. "Vede? Lei domani dovrà prelevare questo raccoglitore!".
Padre Attilio indicò un vecchio schedario: "Qui sono raccolte le lettere private del Papa in questione, il mio preferito! Sa che fu un grande Pontefice? Importante per la storia della Chiesa, con la sua volontà di ricongiungere la Chiesa di Roma con quella d'Oriente, ma questo lei lo saprà già, mi perdoni! A volte dimentico che chi lavora qui è ben preparato e mi faccio trasportare dalle emozioni! Mi segua, le firmo già il permesso per domani, così non dovrà attendere oltremodo" disse dirigendosi alla propria scrivania.
Ringraziandolo, Elisabeth si congedò da padre Attilio e, col suo benestare tra le mani, ritornò alle Sale Studio.
Nella pausa pranzo ci incontrammo e mi riferì quanto accaduto. Ero diventato il protagonista della ricerca: inaspettatamente Ely mi aveva procurato un lasciapassare che, se non fosse stato per la sua prontezza di spirito, non avrei ottenuto in così breve tempo. Speravo in una svolta del genere, così avrei avuto campo libero ed Elisabeth non sarebbe stata coinvolta più del dovuto.
La mattina seguente si presentava umida e piovosa. Abituato a vedere la Città Eterna sotto uno splendido cielo azzurro e baciata dal sole, ora, con l'ombrello in mano, mi sembrava di camminare per le strade di Milano, dove il cielo è grigio anche quando splende il sole.
Oltrepassati i punti di controllo fornendo le mie generalità, puntualmente verificate al terminale, arrivai puntuale nelle Sale Studio degli Archivi. Qui Elisabeth mi accolse fingendo di non conoscermi.
Intanto che Elisabeth espletava le pratiche di rito, io iniziai con lo sguardo a controllare la stanza e notai subito che vi erano telecamere collocate nelle zone strategiche della Sala. Quello che cercavo non poteva essere sottratto. Dovevo pensare in fretta ad una alternativa.
Preso possesso della zona consultazione documenti assegnatami da Ely, attesi pochi istanti e, finalmente, ebbi tra le mani il raccoglitore tanto cercato. Iniziai a sfogliare delicatamente gli antichi scritti guardando di ognuno la firma posta in calce. Leggevo date e nomi

di vescovi o cardinali, ma non avevo il tempo necessario per capire ciò che era posto su quei fogli. All'improvviso, interrompendo una sorta di moto perpetuo del mio braccio, vidi la firma di Vicedomino de Vicedominis. Presi subito a leggerne il contenuto il quale, all'inizio, sembrava una normale lettera di richiesta di un incontro privato ma, arrivato alla causa per cui Vicedòmini presentava tale richiesta al Papa, rimasi sbalordito.
Chiamai Elisabeth che non mi perdeva mai di vista e, con la scusa di volere il suo aiuto per una consultazione, le feci prendere visione dell'antica epistola.
"Non ci credo!" disse a bassa voce, "questo frate avrebbe trovato a Costantinopoli un reperto che risalirebbe addirittura all'epoca della presa di Troia? Guarda, c'è scritto chiaro: *Ilium*. Mi sono documentata su questo Papa e su Vicedomini, e ho scoperto che nel 1272 il papa Gregorio X, per manifestare la sua volontà di aiuto alla Terra Santa, inviò una delegazione a Costantinopoli composta da quattro francescani, tra cui figura pure Vicedomini; probabilmente, come nipote del Pontefice, aveva piena fiducia e libertà d'azione".
"E sappiamo che a Costantinopoli convogliarono la maggior parte di opere salvate dall'incendio della Biblioteca d'Alessandria d'Egitto nel 47 a. C." affermai.
"Proprio così, e ti ricordo che il primo filologo ad occupare la carica di Sovrintendente alla Biblioteca d'Alessandria fu Zenodoto di Efeso, che fu anche il primo a cercare di ricostruire il testo originale del poema omerico. Tutto ci riconduce alla Città di Troia. Quindi questo frate deve aver trovato qualcosa di molto importante custodito a Costantinopoli, che è arrivato da Troia dopo la sua distruzione, passando per la Biblioteca d'Alessandria d'Egitto!" disse Elisabeth.
Eravamo tutti e due così presi dall'entusiasmo da non accorgerci che le persone presenti in sala ci stavano osservando. Appena presi coscienza della situazione, ringraziai Elisabeth per il suo importante aiuto e la congedai. Munito di matita, unico strumento ammesso negli Archivi per trascrivere i dati che interessavano, iniziai a scrivere su un foglio tutta la lettera in latino che avevo

davanti facendo attenzione a non tralasciare nulla.
La stessa sera, come di consueto ormai, io ed Elisabeth ci trovammo per valutare come dovevamo agire.
Elisabeth prese il foglio che le porgevo e iniziò a leggere attentamente quanto avevo trascritto. Era concentrata a tal punto da non accorgersi che il suo telefono stava squillando nella borsa. Al mio richiamo sobbalzò e, girandosi con scatto fulmineo, prese il cellulare e rispose. Dopo un attimo di silenzio, attenta a quanto la voce all'altro capo le stava riferendo, rispose: "Va bene, ho capito, a più tardi".
Guardandola in volto mi accorsi subito che qualcosa non andava, infatti mi disse: "Fra un'ora dobbiamo trovarci in un bar sul Lungotevere vicino a Castel Sant'Angelo; lì ci contatterà una persona. Ha specificato che l'incontro deve essere senza intrusi, riferito alle Forze dell'ordine ovviamente".
"Be', se non altro è vicino e non dobbiamo attraversare tutta Roma!" esclamai nascondendo una certa preoccupazione.
In attesa che arrivasse l'ora stabilita dallo sconosciuto, Elisabeth riprese a leggere la lettera che tanto l'aveva appassionata prima della telefonata, cercando di allontanare i cattivi pensieri.
"Vedi? Qui dice: *ho trovato una pietra incisa con una scrittura sconosciuta, la scatola d'oro che la racchiude svela il suo segreto ed è un segreto che fa tremare*" disse a un certo punto traducendo l'antica epistola.
"Sì, ma a cosa si riferisce come facciamo a scoprirlo?" le domandai lisciandomi i capelli sulla nuca. "Dunque, ricapitoliamo: sappiamo che questo Vicedomini era parente di Gregorio X, che era un frate francescano di nobile famiglia mandato a Costantinopoli dove trova l'oggetto in questione. Inoltre era un giurista, quindi una persona colta e sicuramente previdente, consapevole dell'epoca in cui viveva. La cosa più eclatante è che fu Papa per un giorno solo; infatti, proclamato papa il 5 settembre 1276, il giorno dopo morì improvvisamente, prima di formalizzare l'investitura prendendo il nome pontificale di Gregorio XI. Certo, pensare che dalla gioia al povero Vicedomini sia venuto un malore è poco probabile; considerando che la durata in carica dei pontefici a quei tempi era breve, è più credibile che sia stato avvelenato" spiegai cercando di

capire che mosse avrebbe potuto fare il frate per mettere al riparo la scoperta straordinaria di cui parlava, conoscendo i giochi di potere e le congiure.
“Sicuramente Vicedomini, sapendo che la lettera poteva essere intercettata e letta da altri, ha fatto in modo che il segreto fosse messo al riparo” aggiunsi.
“È ciò che penso anch’io! Deve per forza aver nascosto qualche scritto che gli permettesse di portare a termine l’impegno che si era preso con il Papa. Mi hai riferito che mio padre ti ha parlato della lettera che arrivò il giorno dell’incidente dei tuoi genitori, contenente la risposta che dava Gregorio X. Il contenuto era riferito ad un compito portato a termine e che nessuno avrebbe mai scoperto: la Pietra degli Dei; quindi si deduce che il Papa fece in modo da far sparire quello che il Vicedomini aveva trovato!” affermò Elisabeth anticipando quello che stavo pensando.
Quando giunse l’ora dell’appuntamento, ci avviammo verso Via della Conciliazione per portarci sul Lungotevere e più precisamente sotto Ponte Sant’Angelo. Appena entrati nel bar, ci sedemmo al primo tavolo disponibile con lo sguardo attento ad ogni movimento nel locale.
“Vedi qualcuno che conosci?” domandai ad Elisabeth.
“Sto guardando, ma non mi sembra di vedere facce note, è tutto così assurdo, ho la testa nel caos! Mio padre che sparisce, io che faccio carte false per farti entrare negli Archivi, Vicedomini e papa Gregorio che si stanno impegnando per mandarmi in tilt…”.
Elisabeth era stanca, nervosa e impaziente; indossava una giacca sahariana beige che le faceva risaltare il colore dei capelli, ma allo stesso tempo non le dava vivacità al viso. Era così pallida che le chiesi più volte se stesse male.
“Ma certo che sto bene! Sembri mia madre: stai bene? stai male? Sto benissimo, sono solo un po’ stanca, tutto qui!” disse un po’ seccata, ma subito dopo sfiorandomi la mano aggiunse: “Grazie che ti preoccupi per me, mi fa piacere, sei dolce!”.
In quel momento sentii il cuore accelerare i suoi battiti, fissavo Elisabeth e per la prima volta non la vidi come la ragazzina figlia di amici, ma come una donna affascinante che può rapirti i sensi.

Mi scrollai di dosso immediatamente questa idea. Elisabeth era affascinante, ma la differenza d'età era notevole e io, dall'alto dei miei anni, avevo l'obbligo di essere saggio.
"Buonasera, signori, posso?" disse improvvisamente una voce dietro di me.
Mi voltai e vidi un uomo di media statura prendere una sedia dal nostro tavolo prima di sentire la risposta.
"Mi scusi, ma noi stiamo aspettando una persona..." disse Elisabeth immediatamente.
"Sono io la persona che stavate aspettando, signorina Wilson!" rispose l'uomo mentre si accomodava tra noi.
Dopo un attimo di smarrimento dovuto al fatto che l'uomo che avevamo davanti ci conosceva bene, gli dissi: "Bene, signor... non so come si chiama! Non so come fa a conoscerci, ma vorrei essere chiaro da subito: noi non siamo persone che si fanno manovrare come pedine degli scacchi!".
"Signor Fontana, lei non è nella posizione di poter condurre il gioco!" m'interruppe seccamente l'uomo. "Le spiego quello che lei e la signorina Wilson siete tenuti a portare a termine".
Dopo un attimo di silenzio generale, con Elisabeth spaventata dalla prepotenza dell'uomo, quest'ultimo iniziò a parlare esternando le sue pretese.
"Deve sapere, signorina Wilson, che nel nostro gruppo ci sono persone appartenenti a livelli sociali diversi e con diversi interessi, ma uniti dal medesimo sogno: trovare la Pietra degli Dei. Questa ci permetterà di avere in pugno le sorti del mondo. Ammetto di non conoscere in che modo ci porterà a questa conclusione, ma se un Papa afferma che nessuno avrebbe mai scoperto il significato della Pietra e che l'Umanità era salva, qualcosa di grande sotto deve esserci per forza! Ecco: noi vogliamo che lei, signor Fontana, trovi la Pietra degli Dei e quello che rappresenta. Mentre lei, signorina Wilson, lo aiuterà, sapendo che suo padre starà bene solo se lei collaborerà, come noi ci aspettiamo".
"Ma noi non sappiamo neanche da che parte iniziare!" replicò Elisabeth.
"Invece siete già partiti bene! Agli Archivi Segreti, se non erro,

avete già trovato qualcosa!" dichiarò lasciandoci a bocca aperta. Poi continuò: "Vedete? Noi siamo dappertutto e siamo sempre al corrente delle vostre mosse, per cui vi suggerisco di non fare azioni azzardate, altrimenti qualcuno soffrirà, ve lo posso giurare!".
"Ma se voi siete dappertutto come dice, perché non andate a cercare voi stessi quello che vi interessa senza coinvolgere persone che ne farebbero volentieri a meno?" gli chiesi nervosamente.
"Perché è un rischio troppo elevato che non vogliamo correre! È più facile trascinare nel nostro obbiettivo persone come voi che possono farcela per cultura e temperamento, offrendo loro le giuste motivazioni ovviamente, piuttosto che esporci in prima persona e mettere in pericolo l'intero gruppo. Pensate se uno della nostra congregazione, per evitare la giustizia, parlasse! Sarebbe la fine, il fallimento totale, la perdita di credibilità; meglio voi! Chi vi crederebbe se andaste a raccontare una storia del genere? Ora vi devo lasciare, ma al momento giusto mi farò vivo, non deludetemi!".
L'uomo si alzò frettolosamente e uscì dal locale lasciandoci ammutoliti e immobili come statue. Solo dopo alcuni minuti fummo in grado di riprendere le nostre capacità vocali.
"Che ne pensi?" domandai a Elisabeth che ancora immobile cercava di riordinare le idee.
"Ma l'hai visto? E, soprattutto, hai sentito cosa è riuscito a proferire? Che arroganza! Dio mio, in balia di fanatici conquistatori del mondo! E noi? Gli agnelli sacrificali! Pensavo che gente del genere vivesse soltanto nel mondo della fantasia" rispose incrociando le braccia, con un'espressione stupita sul volto.
"Ely, questa è gente pericolosa, proprio perché è fanatica! Cerchiamo di arrivare al più presto al loro obbiettivo, diamo loro quello che cercano e ci riprendiamo tuo padre. Quel che succederà in seguito lo affronteremo in un secondo tempo; ora dobbiamo concentrarci senza farci trascinare dai sentimenti che questa conversazione ha scatenato" puntualizzai.
"Dobbiamo pensare bene a come uscirne" continuò Elisabeth, "dobbiamo trovare il modo di scoprire qualcosa di più su

Vicedomini, che cosa fece da quando tornò da Costantinopoli fino al giorno della sua morte, diciamo improvvisa! In quali posti ha vissuto o si è solo fermato; insomma, dobbiamo riuscire a trovare una traccia importante. Hai qualche idea?".
Risposi negativamente e sconsolato proposi, come inizio di quella che sembrava una ricerca del nulla, una visita nella Basilica di San Francesco alla Rocca a Viterbo dove era sepolto il frate morto poche ore dopo la sua elezione.
"Ma sicuro!" esclamò Elisabeth. "Nell'agosto 1276 iniziò il lunghissimo Conclave a Viterbo, che si concluse con l'elezione a papa di Vicedomini a settembre. Forse possiamo sapere qualcosa visitando la sua tomba!" concluse entusiasta.
L'accordo era questo: mi sarei recato il giorno dopo a Viterbo per verificare se la tomba del Papa per un giorno mi illuminava la mente e mi aiutava a trovare la soluzione sperata.

III

Il mattino dopo mi svegliai presto e presi il primo autobus per Viterbo. Durante il viaggio lessi un opuscolo sulla città per documentarmi e appresi che la chiesa di San Francesco risaliva alla prima metà del 1200, era stata distrutta in un bombardamento del 1944 e in seguito ricostruita; questa notizia fece nascere in me il dubbio di non trovare ciò che cercavo, ma ormai ero lì e valeva la pena tentare.
Appena vidi la chiesa rimasi affascinato e questa sensazione mi rimase addosso anche all'interno, dove potei notare, nonostante i bombardamenti, opere d'arte di pregio. Quello che spiccava subito per bellezza era il monumento funebre di papa Adriano V, morto anche lui nel 1276 come Vicedomini. A sinistra si trovavano i resti danneggiati del monumento funebre di papa Clemente IV e a lato, finalmente, il coperchio in pietra della tomba di Vicedomino Vicedomini: purtroppo l'unica cosa rimasta.
In quel momento, mentre rimuginavo la mia delusione, passò accanto a me uno dei Frati Minori Conventuali che reggevano

da molti decenni la Basilica. Mi si avvicinò e mi chiese se poteva essermi d'aiuto. Gli chiesi se, prima della distruzione della tomba di Vicedomini del 1944, era presente un sarcofago o se vi erano documenti che mi potessero ricondurre a lui.
"Sì" ebbi come risposta, "il sarcofago era presente! Vi è una litografia del XIX secolo che riproduce l'immagine del sepolcro di Vicedomini con un epitaffio in latino che non lascia dubbi sulla sua morte: *lo stesso giorno gli diede il Soglio di Pietro e il feretro*. Ora l'unica cosa rimasta è questa povera pietra raffigurante il famoso Papa per un giorno". Poi proseguì: "Quando furono distrutti la Basilica e l'annesso convento, si persero molti documenti antichi, ma durante l'opera di ricostruzione ne vennero rinvenuti alcuni ancora integri. Con l'autorizzazione della Santa Sede, parte di questi vennero inviati presso la Biblioteca del Sacro Convento di Assisi, che oggi ospita, oltre a libri antichi, anche pregiati fondi dell'Archivio storico conventuale. Se vuole trovare qualcosa su Vicedomini le conviene consultare quella biblioteca ecclesiastica che è aperta al pubblico e non necessita di alcun permesso speciale".
Lo ringraziai e, mentre ero diretto alla stazione degli autobus per tornare a Roma, sentii una voce familiare che mi chiamava. Mi volsi e con stupore mi trovai di fronte il mio amico Paolo che non vedevo da tempo.
"Ma sei proprio tu? E che ci fai qui?" gli chiesi sorpreso e felice di vederlo.
"Sono qui per lavoro: stiamo facendo nuovi scavi ad Acquarossa per conto dei Beni Culturali e del Museo Archeologico Nazionale di Viterbo; io sono qui in veste di consulente" rispose assumendo un'aria professionale. "Tu, piuttosto, che ci fai qui?" mi domandò poi a bruciapelo.
Colto alla sprovvista, gli dissi che ero a Roma per salutare un'amica e, poiché questa era al lavoro, avevo approfittato per visitare la chiesa di San Francesco a Viterbo.
"Ah, ecco! Sei qui per una donna, allora! E dimmi, com'è, bella?" mi disse battendomi una mano sulla spalla.
"È solo un'amica; te la ricorderai, è la ragazzina figlia di amici di

famiglia che una volta hai visto a casa dei miei genitori" risposi cercando di fargli capire chi fosse Elisabeth.
"Ma certo che ricordo! Ora spero sia cambiata, all'epoca era un po'... tondetta!" disse ridendo.
"Veramente ora è una splendida donna!" mi uscì dalle labbra, e me ne pentii subito dopo.
"Beh, se è splendida... me la farai conoscere!" sentenziò senza possibilità di appello.
Mi ero cacciato in un bel guaio! Elisabeth ed io dovevamo incontrarci la sera stessa per fare il punto della situazione e ora si era aggiunto Paolo che, con la sua sfacciataggine di sempre, si era autoinvitato. Mi faceva piacere la sua compagnia, ma non era il momento giusto. Eravamo troppo impegnati a venire a capo di quello che Vicedomini aveva fatto quasi otto secoli prima, non avevamo certo tempo per le rimpatriate.
Decidemmo comunque l'ora del ritrovo previsto per cena e, dopo averlo salutato fingendo una contentezza che in realtà non provavo, presi l'autobus e tornai a Roma. Qui contattai Elisabeth mettendola al corrente della giornata trascorsa, compreso l'incontro con l'amico impiccione che, da lì a poco, avremmo avuto come ospite aggiunto. Ci accordammo per trovarci prima del suo arrivo per parlare di quanto scoperto durante il sopralluogo mattutino. Appena giunta, Elisabeth mi comunicò contenta che poteva disporre di un giorno di vacanza come ricompensa per il rientro anticipato dalle ferie.
"Bene, domani ho intenzione di recarmi ad Assisi, nella Biblioteca del Sacro Convento, e così potrai venire con me; sei una presenza indispensabile, direi!".
Ero contento di poter avere Elisabeth come aiutante nella ricerca.
"Be', non conoscevo i tuoi progetti, ma ero già pronta a seguirti per esserti d'aiuto; ogni giorno che passa è un giorno in più che mio padre è sparito e questa storia deve finire al più presto!" replicò convinta.
Quando giunse Paolo, non potei esimermi dalle presentazioni.
Elisabeth era attraente nel suo elegante abito nero che le fasciava il corpo; il suo collo sembrava ancora più lungo e sensuale con

i capelli raccolti che le donavano un'aria sofisticata e sul viso spiccava la bocca carnosa che faceva da cornice a un sorriso perfetto. Mi accorsi per la prima volta di essere geloso di lei e di come Paolo stesse provando, con la sua collaudata tecnica che conoscevo bene, a portarmela via. Non potevo permetterglielo.
Quando la serata volgeva ormai al termine, spinto dalla voglia di liberarmi di lui: "Che ne dici, Paolo, se portiamo a casa Elisabeth? Forse è stanca! Mi diceva, prima che tu arrivassi, che domani avrà una giornata faticosa al lavoro" dissi guardando Elisabeth e cercando la sua complicità, "così poi abbiamo ancora un po' di tempo per noi, per ricordare i vecchi tempi!".
"Oh sì! Domani avrò una giornata pesante, meglio per me se vado a dormire, solitamente non faccio così tardi la sera!" rispose Elisabeth guardando l'orologio.
Portammo a destinazione Elisabeth e mi sentii più sollevato quando scese dall'auto e sparì dietro il portone. Io e Paolo trascorremmo il resto della serata in un vicino pub dove ricordammo le avventure degli anni dell'Università. Da quel momento la sua compagnia si fece più gradevole e il tempo trascorse velocemente tanto che arrivò presto l'ora del congedo.
"Mi ha fatto piacere rivederti!" disse Paolo, "se ti fermi ancora qualche giorno a Roma potremmo ritrovarci tutti, Elisabeth l'ho trovata straordinaria!".
"Sono stato bene anch'io, ma domani parto per Milano, torno a casa!" risposi stupendomi di quanto mi riuscisse facile mentire.
"Accidenti! Non ho chiesto il numero di telefono ad Elisabeth, tu me lo puoi dare?" domandò.
"Ho lasciato il cellulare in albergo e, comunque, prima devo chiederle l'autorizzazione, ti farò sapere!".
Il giorno dopo io ed Elisabeth ci trovammo alla stazione in attesa del treno che ci avrebbe portati ad Assisi. Qui giunti, un taxi ci portò alla Basilica Inferiore a fianco della quale si trova il Sacro Convento che dovevamo visitare. Percorremmo il meraviglioso Chiostro interno che, seppur affollato di turisti, infondeva un senso di tranquillità e di pace. Raggiungemmo infine la porta che conduce alla biblioteca, impazienti di sapere se eravamo sulla

strada giusta o se dovevamo rivedere i nostri piani.
All'interno ci accorgemmo subito che non era un luogo sorvegliato come gli Archivi Segreti a Roma e quindi ci rilassammo. I locali erano ben illuminati grazie alle numerose grandi finestre che si trovavano nella parte alta della stanza da cui entrava la luce che, sommata a quella delle lampade alogene, faceva risaltare ancora di più le pareti bianche. Qui erano posizionati i tavoli per rendere più agevole la consultazione dei testi, mentre nella grande sala attigua si trovavano scaffali con innumerevoli volumi.
Stavamo cercando di capire come comportarci, quando da un ufficio con struttura a vetri uscì il bibliotecario: "Buongiorno, signori, immagino dobbiate visionare qualche volume".
Apprendere che Elisabeth faceva parte del personale degli Archivi Segreti Vaticani accese in lui una sorta di ammirazione che ne fece un prezioso collaboratore. Facemmo la nostra richiesta spiegando della mia precedente visita a Viterbo e di quanto mi era stato qui riferito. A quel punto ci fece accomodare nell'ufficio e iniziò a visionare vari schedari continuando a ripetere a bassa voce: "Vicedomini... Vicedomini..." come per ricordarsi dove l'avesse già letto. All'improvviso disse: "Ah ecco, trovato! È stato catalogato nei Fondi Antichi".
"Cosa riguarda precisamente quello che è stato archiviato?" domandò Elisabeth.
"Qui si fa cenno ad un manoscritto liturgico, di quelli usati per l'attività pastorale. Aspetti che verifico" disse mentre prendeva un'altra cartella dal raccoglitore. "Il libro appartenente al cardinal Vicedomini è stato redatto nello Scriptorium attivo nel Sacro Convento dove si realizzavano manoscritti con una precisione e una bellezza tali da renderli unici. Poiché in fondo alla prima pagina rilegata si poneva una specie di timbratura, quasi un marchio di fabbrica, chi lo trovò ritenne di doverlo portare dove era stato creato".
"Solo questo?" aggiunsi deluso.
"Credo di sì" rispose l'uomo.
"Il suo aiuto è stato prezioso" esclamò Elisabeth, "e mi dica, possiamo vedere il manoscritto in questione?".

"Non nell'immediato, non vorrei deluderla, signorina Wilson, ma l'accesso ai magazzini librari è autorizzato solo dal Direttore della Biblioteca. Essendovi conservati testi antichi di altissimo pregio, non tutti possono accedervi se non per motivi particolari. Lo so che voi, per il lavoro che svolgete, offrite già tutte le garanzie che occorrono, ma le regole sono regole, per cui devo far assolutamente richiesta del manoscritto a fra' Giulio Ricci" dichiarò il bibliotecario.

Il Direttore non tardò ad arrivare, già al corrente di quanto stavamo per chiedergli. Infatti, si affrettò a dire che non esisteva alcun problema per la visione del manoscritto da parte nostra, dovevamo solo compilare il modulo apposito.

Poi aggiunse: "Il manoscritto è stato trovato nella chiesa distrutta di San Francesco a Viterbo, accanto a quelli che dovevano essere i resti del cardinal Vicedomini. Egli sul punto di morte fece espressa richiesta di essere sepolto col proprio saio, simbolo di povertà e vocazione; probabilmente chiese che gli fosse posto fra le mani anche il libro liturgico dal quale ognuno dei Fratelli non si separa mai".

Ringraziammo il Direttore della Biblioteca e consegnammo i nostri documenti che vennero fotocopiati e trattenuti fino alla fine della nostra permanenza. Seduti alla scrivania della sala lettura, attendevamo impazienti che il bibliotecario ci portasse il libro liturgico appartenuto a Vicedomini. L'uomo arrivò porgendoci soddisfatto l'antico manoscritto che si presentava di misure ridotte rispetto ad altri volumi dell'epoca, più maneggevole, con una rilegatura in cuoio nero ormai rovinata. Poi, lasciandoci soli nella sala, ritornò nel suo ufficio.

Iniziammo a sfogliare con delicatezza le pagine create da mani esperte con tecnica consolidata e tanta pazienza. Quello che si presentava a noi era di elevata bellezza, frutto di capacità sorprendenti, e non lasciava dubbi sull'esecuzione da parte di una sola persona. All'improvviso, però, quasi alla fine del manoscritto la grafia cambiò.

Da quella pagina in poi ci trovammo dinnanzi a qualcosa di importante per noi: avevamo trovato il diario personale di

Vicedomini. Infatti le prime righe non lasciavano dubbi: "*Su queste pagine lascio il mio testamento, Dio mi accompagna e mi è testimone. Amen*". Eravamo in trepidazione: avevamo bisogno di tempo per tradurre dal latino ciò che si presentava davanti a noi, ma ormai quello a disposizione stava finendo, eravamo già stati avvertiti della chiusura della Biblioteca all'orario previsto. Non potevamo permetterci di lasciare un così prezioso documento senza traduzione, così chiamammo il bibliotecario per chiedergli se potevamo avere delle fotocopie di alcune pagine che ci interessavano particolarmente per la loro rara bellezza. Essendo il libro in precarie condizioni, non era permesso l'uso della fotocopiatrice, ma era data l'autorizzazione a fotografare senza flash le pagine che potevano interessare.
Non ce lo facemmo ripetere. Con il cellulare iniziai a salvare le immagini relative all'imprevista quanto sorprendente scoperta. Le avrei scaricate in seguito sul computer avendo così la possibilità di visionare al meglio il testo. Elisabeth mi ripeteva di fare attenzione affinché le foto fossero limpide, di non saltare le pagine; era nervosa come me. Del resto non capita tutti i giorni un'occasione del genere e dovevamo sfruttarla come si deve. Appena terminato il fruttuoso servizio fotografico ringraziammo e ci avviammo verso l'esterno.
Il nostro rientro a Roma fu in serata; eravamo stanchi ma soddisfatti. Ora però era importante vedere se quello che Vicedomini aveva scritto su quei fogli poteva esserci d'aiuto. Così non appena terminata la cena salimmo in camera mia, avviammo il computer di Elisabeth e iniziammo a scaricare le foto dal cellulare. Ingrandimmo le foto e sistemammo la risoluzione per avere una migliore immagine; alla fine ci accorgemmo che le foto che avevo fatto erano perfettamente leggibili.

IV

"Signor Vicedomini, vediamo che cosa hai scritto di tanto interessante da portartelo nella tomba!" dissi appena finito di sistemare le immagini in sequenza.

"Ho l'impressione che dovrò mettere a disposizione tutta la mia abilità per arrivare alla traduzione ottimale, perché la scrittura gotica è di difficile lettura" aggiunse Elisabeth un po' preoccupata, ma sicura delle proprie capacità. "Possiamo fare in questo modo: io traduco e tu riscrivi il testo, così abbiamo qualcosa da poter leggere con semplicità".
Elisabeth aveva la capacità straordinaria di riuscire a leggere con estrema facilità anche una scrittura complicata come quella gotica, in più era velocissima a tradurre dal latino. Guardandola pensai che il lavoro che svolgeva presso gli Archivi se l'era proprio meritato ed ebbe tutta la mia ammirazione personale.

Anno Domini 1272, sesto giorno di settembre.
Ho trovato con i miei confratelli ospitalità nel Monastero vicino alla Chiesa di Hagia Sophia. Essa è in nostro possesso per volere degli uomini.
Qui abbiamo trovato riparo e cibo dopo il lungo e travagliato viaggio accompagnati dalla mano di Dio e dalla guardia armata a sostegno dei pellegrini. Non so quando sarà la mia fine terrena, ma in questo luogo pare che quel momento sia giunto. Il nostro compito di uomini di Fede è quello di trovare il dialogo con questa Chiesa, che è venuto a mancare, ma il mio compito di umile servo è anche quello di aiutare le genti a superare le loro malattie fisiche e morali, oltre che pregare per loro.
Il terzo giorno di permanenza sono interpellato dal factotum del Monastero per una questione privata. Mi riferisce di un padre piangente a causa della malattia del proprio figliolo e che, ormai, il bimbo pare sia sul punto di morte. Chiede aiuto per porre fine alla sua sofferenza.
Recatomi dal fanciullo, e vedendolo, il mio cuore fu invaso dalla pietà per le sofferenze che questi stava patendo. Presi dalla mia borsa le erbe e gli unguenti utili. Il pargolo piangeva, aveva la bocca purpurea e tossiva di continuo; lo toccai e la mia mano venne scaldata dalla fronte rovente. Gli feci subito un decotto di erbe, solo Dio avrebbe deciso la sua sorte.

Anno Domini 1272, 11 settembre.
Sono passati due giorni di veglia e di preghiere, Dio ha accolto la mia supplica e il fanciullo si è ripreso: ora mi sorride e per me è una grande gioia.
Il padre per ringraziarmi ha insistito perché lo seguissi in una stanza della

modesta casa dove, sul pavimento, sono accatastate molte casse in legno; l'uomo ne spostò una e sotto vi era una botola con una scala che portava nella cantina. Mi invitò a scendere per primo, mentre lui accendeva una torcia per illuminare il passaggio. Un po' timoroso, accettai.
Qui appoggiò la torcia, spostò una grossa cassa e da una nicchia nel muro afferrò un oggetto avvolto negli stracci. Prima di porgermelo mi disse che quello che aveva in mano apparteneva alla sua famiglia da generazioni ed era molto importante e prezioso.
Levò gli strati di tela, rivelando così una teca in avorio e legno di pregiata fattura; tenendola tra le mani tremanti mi fissò per un attimo e poi, senza più esitazioni, me la porse come si porgono i doni ai Re. Mi disse che quel che avevo fatto per suo figlio era degno di un tal dono e che quello che stava per darmi era la cosa più preziosa che avesse.
Gli dissi che quel dono non era necessario, ma egli insistette. Aprì la teca e davanti a me si rivelò un oggetto di assoluta bellezza. Dentro si trovava un disco d'oro con dei disegni incisi che formavano, nell'insieme, una sorta di elice. Presi in mano il disco e subito mi accorsi che era pesantissimo e che, su entrambi i lati, erano riportati gli stessi simboli. Lo riposi e dissi che era troppo prezioso per un uomo umile e semplice quale ero io, ma a quel punto chi avevo dinnanzi riprese la parola per dirmi qualcosa che non dimenticherò mai: "Questo è un dono che giunge dalla lontana Alessandria per la nostra città, ma quando stava per essere consegnato, insieme al resto dei libri alla biblioteca, il carro fu assalito da malandrini. Il Soldato di Dio che aveva in custodia questo tesoro fu salvato dal mio antenato, curato e protetto. Per ringraziarlo della vita che gli aveva restituito donò al mio avo questa meraviglia, dicendo che sarebbe arrivato un giorno in cui la sua famiglia avrebbe avuto modo di riconsegnarlo ad un altro Soldato di Dio. Ora Voi avete chiuso questo cerchio. Siete un Soldato di Dio e avete salvato mio figlio dalla morte come il mio avo ha salvato un altro Soldato di Dio. Tutto è compiuto! Voi ora dovete prendere quel che vi porgo e credere nella profezia come io e la mia famiglia abbiamo fatto per anni. Sono onorato di aver assecondato il volere di Dio".
Rimasi immobile, non riuscivo a credere a quello che avevo appena udito. Presi in consegna l'oggetto, ringraziando, per non recare offesa alla famiglia che mi stava ospitando in quel momento e me ne andai sicuro che quel bene prezioso non l'avrei mai tenuto per me, ma l'avrei consegnato di persona a

Tedaldo Visconti, mio parente nonché pontefice Gregorio X.
Giunsi in Monastero con la teca ben nascosta sotto il saio e, arrivato incolume e agitato nella mia cella, analizzai il dono che avevo ricevuto come ricompensa.
Il pesante e misterioso disco d'oro non recava scritture, solo disegni creati da mani poco esperte, oserei dire fanciullesche.
Lo analizzai in ogni particolare, finché l'occhio non si fermò su un punto che avevo trascurato. Un lato aveva il bordo formato da un sottilissimo solco che si intravvedeva solo guardando attentamente. Facendovi scorrere il dito attorno, si arrivava ad un invisibile foro: inserito qui un sottile ferro, feci scattare un meccanismo che l'aprì in un istante. Al suo interno vi era una pietra appena più piccola della teca. Era un disco di terracotta riportante gli stessi identici disegni che si trovavano sulla teca, nella stessa posizione.
Sul fondo una piccola pergamena in papiro riportava in greco uno scritto che mi pietrificò:

Io sono Dardano, figlio di Zeus, provengo dall'Antica Madre, un'isola lontana ad Ovest chiamata da tutti Atlantide. La mia Civiltà si basa su conoscenze che gli uomini, che non sono Figli del Cielo, faticano a comprendere. Ho attraversato le acque e le terre per arrivare in un luogo a Est delle terre degli Achei. Qui ho dato vita alla mia stirpe e in essa pongo la Pietra degli Dei come sigillo della loro Alleanza. In questa Pietra è tutta la nostra storia che narra della Stella Madre nelle Pleiadi, luogo da dove l'uomo è giunto all'alba dei tempi. Nel Palazzo Imperiale è la chiave della conoscenza.

Dopo aver letto quelle parole caddi in ginocchio in preghiera. Non potevo accettare che il nostro Dio e Creatore non era colui che fino ad ora avevamo creduto. Avevo letto nei testi classici di Dictys e Darete le vicende di Troia e conoscevo l'origine dei Dardanui, ma nulla mi poteva condurre ad una simile stregoneria. Piansi e pregai.

AD 1273, 10 gennaio.
Il mio lavoro qui è finito e il ritorno a casa è previsto a giorni. In questi mesi ho imparato a convivere con le mie paure di uomo. Da una delegazione di confratelli, che è venuta a darci sostegno, ho ricevuto l'epistola che aspettavo

da Roma. Mi si ordina di incontrare il Pontefice a Lione, dove si terrà il Concilio Ecumenico per il quale anch'io sono stato convocato.

AD 1273, 3 marzo.
Per domani è stabilita la nostra partenza. Poiché la strada sarà piena di pericoli, ho pensato di portare il prezioso oggetto legato con fasce al mio corpo in modo che non sia visibile sotto il saio. Ho deciso che una volta arrivati nelle nostre Terre mi recherò nel luogo vicino a Piacenza, che mi ha visto nascere e al quale sono molto legato. Cercherò ospitalità nel Monastero di Bobbio, in quel posto amico conserverò l'artefatto finché raggiungerò Lione.

AD 1273, 15 maggio.
Sono finalmente giunto a Bobbio, il viaggio è stato tormentato. Ora devo pensare al da farsi prima di proseguire il viaggio verso Lione.
È trascorsa solo una settimana, ma qui ho ritrovato l'armonia e la quiete; ora devo riuscire a mettere al sicuro il prezioso fardello che ho portato con me da Costantinopoli. Devo pensare a una soluzione adeguata, semmai durante il tragitto mi assalissero genti malvagie. Ho deciso di consegnare al Sommo Pontefice solo quella che Dardano chiama la Pietra degli Dei. Il suo aureo involucro lo donerò al Monastero che mi sta ospitando, sicuro che ne farà buon uso. Così ho deciso, illuminato dalla Sapienza Divina che accompagna i miei giorni.

AD 1273, 20 luglio.
Per mettere al sicuro il dono ricevuto a Costantinopoli, ho deciso di fare una copia su pergamena dei disegni posti sul disco di terracotta che lascerò, assieme alla copia del papiro di Dardano, nel Monastero, al riparo da malintenzionati. Nel caso non arrivassi a Lione, il compito dei miei Confratelli sarà quello di far giungere al Pontefice questi disegni affinché egli ne venga a conoscenza e ne faccia uso secondo il suo sapere.

AD 1274, 8 febbraio.
Oggi ho avuto l'incontro tanto desiderato con Tedaldo, lontano da orecchi ed occhi indiscreti. Uomo di grande saggezza, egli ha considerato autentico l'oggetto e ancor più le parole di Dardano. Supponendo la loro veridicità, gli ho chiesto se qualcuno avesse potuto capire quelle parole e usarle a proprio vantaggio.

Ha asserito che una simile verità avrebbe screditato la Chiesa e il Potere che essa rappresentava; era troppo rischioso tenere il papiro e la Pietra che avrebbero potuto cadere, ancor più che in mani nemiche, in mani di menti sapienti che avrebbero sconvolto il Mondo. Pensando alle probabili soluzioni, sempre molto rischiose, alla fine ha deciso di non distruggere quanto in suo possesso come avrei fatto io, ma di portarlo in un luogo dove nessuno l'avrebbe mai scoperto.
Rimango perplesso. Non capisco la decisione del mio Pastore, penso abbia perso il lume della ragione; e se fosse posseduto dal Maligno? Perché nascondere una tale rivelazione?
Mi ha fissato in volto e, notando la mia preoccupazione, ha aggiunto che voleva servire Nostro Signore non distruggendo ciò che era per l'Umanità la probabile via della rivelazione; doveva solo arrivare il momento in cui sarebbe stata in grado di comprendere.
Sono convinto che Tedaldo sia custode di un sapere a me sconosciuto e che io, umile servo, devo accettare senza remora.
Ora sono in pace con me stesso e con Dio.

AD 1274, 29 novembre.
Sono arrivato nella città di Arezzo ormai da alcune settimane, e qui ho ricevuto la missiva di Tedaldo il quale mi scrive di aver portato a termine il compito di celare al mondo il disco di terracotta e non mi è stata data la possibilità di conoscere tale luogo. Qui resterà fino a che, un giorno, potrà essere scoperto dai nostri discendenti, sicuramente più preparati di noi perché più uniti in Dio. Il nostro presente si trova avvolto nel terrore.

AD 1276, 18 agosto.
Molte cose sono accadute in questi mesi tra cui la grave perdita per la Chiesa di Tedaldo. Proprio oggi il Signore ha chiamato a sé papa Adriano V, già ammalato da tempo. Domani noi del Sacro Collegio, del quale io sono Decano, saremo di nuovo "Clausi cum-clave" fino a che non sarà eletto un degno successore. Temo per la mia persona.

AD 1276, 4 settembre.
Siamo riuniti da giorni, uso il momento di riflessione per scrivere su queste pagine che ormai segnano il mio cammino terreno. Sono circondato

da corruzione, invidia e cattiveria. Chi pensa che gli uomini chiamati a rappresentare la grandezza di Cristo siano degni dell'abito che portano si deve ricredere. Esistono persone che hanno preso i Voti solo per avere il potere. Li osservo e vedo in loro la malvagità, l'ipocrisia, l'immoralità. Conosco Cardinali disposti a tutto, anche ad infrangere il Comandamento di Dio di non uccidere, pur di arricchirsi. La povertà e l'umiltà non fanno parte del loro mondo, io assisto a queste terribili cose sperando nella Giustizia Divina, perché qui sulla Terra la ragione non ha modo di esistere.
Si sta facendo spesso il mio nome per l'elezione al Soglio Pontificio e questo non ha fatto altro che scatenare l'ostilità da parte di chi invece vuole altri Cardinalizi.
Non mi sento bene da ieri, ho dolori al ventre e i miei orifizi non trattengono più nulla. Ho paura, ma la Fede mi aiuta a superare il momento difficile.

AD 1276, 5 settembre.
Quello che temevo si è verificato, sono io il Pontefice eletto dal Sacro Collegio. Sento però che la fine è vicina, il colore della mia pelle è quello della morte. Ho lasciato il compito a persone fidate di avere cura dei miei resti mortali, facendo bene attenzione che questo mio scritto venga sepolto con me per evitare che cada in mani sbagliate. Se si leggesse quello che la mia mano ha posto sul foglio, ci sarebbero conseguenze terribili alle quali i popoli non sono ancora pronti. Voglio indossare il mio saio, simbolo della persona che sono stato in tutta la vita, voglio presentarmi a Dio con la stessa umiltà che mi ha accompagnato in tutti questi anni, di cui vado fiero. Che Dio abbia pietà della mia anima, perdoni i miei peccati e mi accolga nel Regno dei Cieli. Amen.

V

Elisabeth ed io ci guardammo sconvolti. Erano ormai le cinque del mattino e la stanchezza cedeva all'agitazione: ciò che avevamo letto era incredibile, una confessione in piena regola, un documento importantissimo per risolvere il rompicapo che ci avevano assegnato.
Dopo un lungo silenzio, la prima a proferire parola fu Elisabeth: "Cosa pensi che sia la Pietra degli Dei? Ti sei fatto un'idea?".

"Assolutamente no. Certo, se trovassimo i disegni, forse sarei in grado di risalire a qualche luogo per iniziare la ricerca".
"Proprio questo è il problema, trovare quei disegni, maledizione!" esclamò la ragazza portandosi le mani sulle guance.
Mi alzai per sgranchirmi le gambe; passeggiavo avanti e indietro per cercare di mettere insieme qualche buona idea su come agire. Elisabeth, invece, si era buttata a peso morto sul letto e fissava il soffitto con lo sguardo assente; entrambi guardammo l'orologio, come se questo potesse indicarci la via da seguire.
"Bene, guarda che ore sono! Fra due ore mi dovrei alzare per andare al lavoro e invece sono ancora qui! Non posso tornare al Convitto altrimenti cade la mia scusa della notte passata a casa di un'amica, perciò devo restare fino all'ora in cui devo recarmi al lavoro" disse cercando di giustificare la sua permanenza.
"Fermati pure, tanto io non riesco a riposare, devo pensare. Tu dormi un pochino, io mi rilasserò sul treno di ritorno a Milano".
La osservavo mentre si copriva con la coperta blu presa dall'armadio e si rannicchiava quasi a diventare un fagottino appoggiato sul letto. Mi faceva tenerezza, la vedevo distrutta, non abituata a tanto lavoro in così poco tempo. Ora meritava una piccola pausa per riprendersi, io invece dovevo agire, pensare, capire la strada da percorrere. Una strada difficile piena di incertezze.
Ero assorto nei miei pensieri, quando la sveglia del cellulare di Elisabeth suonò facendomi trasalire.
"È già ora?" mi chiese a voce bassa.
"Sì, purtroppo, devi alzarti!".
Aspettavo Elisabeth seduto al tavolo per la colazione e lei non tardò ad arrivare: la doccia l'aveva rigenerata e sembrava che avesse dormito tutta la notte. Facemmo colazione senza parlare della notte trascorsa, quasi a esorcizzare l'immane lavoro che ci attendeva.
Dopo aver consumato una certa quantità di caffè, le dissi: "Temo sia arrivato il momento dei saluti, io ho il treno in tarda mattinata e tu devi andare al lavoro. Quando arrivo a Milano, ti chiamo. Nei prossimi giorni ho intenzione di recarmi a Bobbio per verificare

se riesco a trovare qualcosa che ci riconduca a quei disegni. Chi li ha tracciati, da qualche parte deve pure averli messi!".
"Sicuramente, ma c'è l'incognita Napoleone!" dichiarò fulminea come una saetta a ciel sereno.
"Accidenti, l'avevo dimenticato!".
In effetti, in epoca napoleonica si era verificata la soppressione di quasi tutte le congregazioni religiose considerate nemiche in quanto sostenitrici della monarchia, con confische di beni e distruzione di documenti importanti. Gran parte degli edifici monastici erano stati venduti a privati o rasi al suolo.
"Di monasteri a Bobbio in quel periodo ne esistevano tre: San Colombano, San Francesco e Santa Chiara. Quest'ultimo so che è stato distrutto, non vorrei che anche gli altri due avessero subito pari trattamento, di conseguenza tutto il Sapere in essi raccolto potrebbe essersi perduto" disse Elisabeth preoccupata.
"Ma i monasteri di San Colombano e San Francesco esistono ancora e tu sottovaluti la capacità del frate che ha ricevuto il lascito di Vicedomini di custodire ciò che aveva ricopiato. Secondo te, il fraticello non ha pensato a mettere al sicuro ciò che di importante gli era stato consegnato? Io penso invece che padre Abelardo abbia nascosto il disegno molto bene. Si tratta di scoprire dove può averlo sistemato, immedesimandosi nel pensiero di chi viveva nel Milleduecento" affermai convinto.
"Forse hai ragione! Devo dire che provare non costa nulla. Se trovi qualcosa a Bobbio mi devi chiamare immediatamente!" replicò Elisabeth.
"Pensi che se dovessi trovare qualcosa di importante, lo terrei per me? Ma certo che ti avviso subito! Anzi, qualsiasi cosa verrà allo scoperto, dovrai essere presente per aiutarmi!".
Ormai era davvero arrivata l'ora dei saluti ed Elisabeth era dispiaciuta. Mi abbracciò forte e in quel momento mi si riempì il cuore di gioia.
La guardavo allontanarsi verso piazza San Pietro, quando un signore mi si avvicinò con una sigaretta in mano e mi chiese se avevo da accendere. Distolto lo sguardo da colei che era il mio desiderio, lo guardai rispondendogli che non fumavo, ma lui

subito pronto aggiunse: "Lo so, signor Fontana, che non fuma!".
"Scusi? Ma noi due non ci conosciamo, come fa a sapere come mi chiamo?" esclamai pietrificato.
"So molte cose sul suo conto! Comunque quello che ora mi interessa è sapere se siete arrivati a buon punto, lei e la signorina Wilson... Guardi che se lei ci nasconde qualche importante scoperta, noi non garantiamo per nessuno! Mi sono spiegato?".
"S'è spiegato benissimo! Ma quello che abbiamo trovato finora non ha portato a nulla di concreto! Siamo sulla strada giusta, ma ci vuole tempo, non è così semplice!" risposi seccato e per niente intimorito.
"Bene, il tempo lo avete, usatelo al meglio! E ricordatevi che noi vi terremo costantemente sotto controllo. Arrivederci, signor Fontana!".
Dopodiché si voltò e sparì in mezzo al traffico.
L'incontro mi riportò immediatamente con i piedi a terra e con il sangue che bolliva nelle vene. Possibile che questa gente fosse costantemente alle nostre costole? Dovevo concentrarmi e dedicarmi a questa faccenda per risolverla al più presto, non volevo certo avere altri incontri antipatici.
Stizzito, rientrai in hotel per preparare la valigia. Qui il portiere mi disse che non era riuscito a prenotarmi un biglietto per uno di quei treni di ultima generazione che mi avrebbe portato a Milano in appena tre ore e mezza. Disse che potevo prendere l'Intercity delle dodici e trentasei, che però sarebbe giunto a destinazione solo dopo le diciannove. Che potevo fare? Evidentemente non era il mio giorno fortunato, perciò assecondai gli eventi e accettai tutto quello che mi si presentava senza troppo reclamare. Sarei arrivato a casa per cena, dovevo farmene una ragione e avere pazienza!
Il treno finalmente partì, rimasi fermo a fissare il paesaggio che si snodava fuori dal finestrino rimuginando i miei pensieri. Poi mi immersi nella lettura dei giornali, cullato dal movimento cadenzato della carrozza.
Era già passato molto tempo dalla partenza e, tra una lettura e l'altra, intervallate dagli sguardi fuori dal finestrino per controllare

a che punto ero del viaggio, iniziai a sentire la stanchezza. Mi addormentati e continuai a dormire, finché non venni scosso dalla mano del controllore che mi chiedeva il biglietto. Il mio sonno era così profondo che impiegai alcuni secondi per capire dove mi trovavo e l'espressione che avevo dipinta sul volto evidentemente ne era la prova.
Di fronte a me era seduta una ragazza che mi osservava con aria divertita e che si presentò come Roberta. Era insegnante in un liceo di Milano e così i discorsi si concentrarono sulla nostra professione. Il resto del viaggio fu pertanto gradevole, fino al momento del congedo, quando Roberta mi diede il suo numero di telefono e, mostrandosi un po' invadente, mi strappò la promessa che in settimana l'avrei chiamata per uscire insieme, anche se ora i miei obiettivi erano altri, così come era diversa da Roberta la donna che mi interessava.
Giunto a casa mi ricordai che dovevo chiamare Elisabeth per avvisarla del mio arrivo a Milano e così feci. Ma una brutta sorpresa mi aspettava. Appena varcata la soglia del mio appartamento, rimasi paralizzato. Tutto intorno era il disordine più assoluto, sembrava fosse passato un tornado: ciò che prima era sistemato ordinatamente nei cassetti ora era sparso sul pavimento.
Eppure quando avevo lasciato l'appartamento la settimana precedente, era tutto a posto! Guardai la serratura della porta d'ingresso, ma era tutto normale. Arrivai alla conclusione che chi aveva fatto una cosa del genere era entrato con una copia di chiavi false.
Chiusa la porta dietro di me, iniziai a perlustrare la casa: tutto era stato buttato a terra come se qualcuno stesse cercando in fretta qualcosa di importante. Mentre attraversavo le stanze, guardandomi attorno smarrito, raccoglievo lentamente quello che mi si presentava davanti per non calpestarlo. Era terribile! In quel momento mi sentivo fragile e indifeso, proprio nel luogo che, invece, avrebbe dovuto essere quello più sicuro al mondo: casa mia!
Giunto in camera da letto, sullo specchio del comò un biglietto portava questa scritta: "Questo è solo un avvertimento per farti

capire che non scherziamo e che in qualsiasi momento possiamo entrare nella tua vita e distruggerla! Agisci bene e in fretta, il tempo scorre veloce".

Ero in preda al panico! Come potevano queste persone essere in grado di procurarsi le chiavi, entrare indisturbate e sconvolgere la mia vita in questo modo? Eppure l'avevano appena fatto. Ora dovevo restare tranquillo, ma la paura di sapere che in qualsiasi momento qualcuno poteva entrare dalla mia porta mi paralizzava. Tutte le mie sicurezze erano volate via come foglie al vento.

Il giorno seguente avrei immediatamente chiamato il fabbro per far sostituire la serratura, cambiandola con una più tecnologica che avrebbe creato sicuramente qualche problema se qualcuno voleva farne una copia.

Impiegai gran parte della serata a sistemare tutto quello che era stato sparso sul pavimento. Avevo perso la notte precedente per la traduzione del testo di Vicedomini con Elisabeth, se avessi passato un'altra notte in bianco, non sarei riuscito ad andare al lavoro la mattina seguente. Decisi di infilarmi subito nel letto dove crollai immediatamente.

VI

Quando mi alzai ero ancora stanco; il sonno agitato di quelle poche ore non mi aveva permesso di riposare a dovere; comunque andai al lavoro, non prima di aver contattato chi si doveva occupare del cambio della serratura.

La mattinata trascorse in modo lento e tranquillo; non vedevo l'ora di tornare a casa per controllare che tutto fosse a posto. Sapevo però, in cuor mio, che quello che avevo subito non poteva ripetersi, sarebbe stato inutile; chi aveva messo a soqquadro la casa aveva raggiunto il suo scopo: spaventarmi.

L'operazione 'cambio serratura' andò a buon fine e mi costò parecchio, ma ora ero più tranquillo; chi avesse voluto entrare in casa senza il mio permesso avrebbe passato un bel po' di tempo a cercare di aprire la porta senza riuscirci.

'Questa storia mi sta costando un capitale' pensai mentre mi preparavo la cena, 'e non parliamo del tempo che perdo con ricerche in mezza Italia di qualche probabile indizio utile; ma devo farlo, per Thomas e anche per i miei genitori. Queste persone vogliono la Pietra degli Dei? E io gliela porterò, accidenti!'.
Ero molto preso da questa situazione e, sinceramente, ne avrei fatto volentieri a meno; ma non potevo uscirne, ero coinvolto e ricattato psicologicamente, dovevo arrivare alla soluzione.
Dopo cena chiamai Elisabeth per informarla che il giorno seguente sarei andato a casa di sua madre per metterla al corrente degli ultimi sviluppi e in seguito avrei raggiunto la città di Bobbio.
La mattina seguente partii relativamente presto, avvisando Marisa del mio arrivo. Arrivato a casa sua, le spiegai quanto Elisabeth ed io stavamo facendo per Thomas, ciò che era successo nei giorni precedenti, le difficoltà incontrate sul cammino, evitando però di dirle delle minacce ricevute e dell'intrusione a casa mia per non spaventarla oltre il dovuto.
Davanti a me non avevo più la donna che conoscevo da sempre: la vedevo dimagrita, preoccupata, col viso di chi riposa poco. Mi dispiaceva vederla ridotta così e cercai di rassicurarla, di infonderle fiducia; la pregai inoltre di non avvisare la Polizia nel modo più assoluto, perché così voleva chi aveva rapito suo marito.
Lasciata la casa dei Wilson con Marisa più tranquilla, portai la mia auto in direzione di Bobbio. Non era una bella giornata, il cielo era plumbeo e scendeva una pioggerellina che a tratti si faceva più intensa. Era un vero peccato, così mi perdevo il panorama delle colline. Il fiume Trebbia, che dava il nome alla vallata, accompagnava l'ultima parte del mio viaggio, con la sua tranquilla discesa a valle. Mi avvicinavo sempre di più alla meta e, guardandomi attorno, vedevo solo nubi basse cariche d'acqua.
Ad accogliere i visitatori all'ingresso di Bobbio c'è una grande statua raffigurante San Colombano, il frate irlandese che ha fondato la città e ne è divenuto poi il patrono. Parcheggiai l'auto a fianco di numerosi autobus di turisti che avevano invaso la storica città. Lungo la strada che costeggiava l'antico monastero di San Francesco fui assalito da una profonda delusione nel

vederlo praticamente in rovina, con lastre arrugginite a chiudere l'ingresso della chiesa, i vetri delle finestre in frantumi, l'interno divenuto rifugio di numerosi piccioni che vi entravano con facilità. Notai che le mura che proteggevano il convento, descritte da Vicedomini, non esistevano più, distrutte sicuramente in epoca napoleonica.

La mia teoria di trovare qualcosa di importante in questo luogo si stava verificando un fallimento. Sicuramente all'interno, anche se mi avessero dato il permesso di entrare, non avrei trovato alcunché.

E ora? Dovevo usare la logica. Avevo appreso all'Università che, per svolgere bene la professione di archeologo, era importante pensare, in determinate situazioni, a come si sarebbe comportato l'antico popolo che stavamo considerando per mettere al riparo tesori o conoscenze, in modo che la loro cultura non cadesse in mani nemiche. Solo così a volte si potevano scoprire tombe importanti e documenti storici preziosi ben nascosti: con l'intuito.

Prima però dovevo documentarmi. Pertanto mi recai nell'Ufficio informazioni turistiche, situato proprio nella piazza San Francesco. Per prima cosa mi serviva una cartina con la mappa della città, così sarei riuscito a muovermi con facilità. E poi mi serviva conoscere la storia della città per crearmi mentalmente un percorso che potesse aiutarmi a trovare ciò che andavo cercando.

Presagivo che avrei trovato qualcosa di importante, era come un sesto senso, come se fosse giunto il momento, dopo secoli, di scoprire quello che qui era stato celato. Così almeno speravo.

Seduto al tavolino di un bar, iniziai a passare in rassegna il materiale illustrativo che avevo a disposizione, a partire dalla guida della città. L'antico monastero era strettamente legato al nome del suo fondatore, il monaco irlandese che aveva creato il convento, divenuto in seguito, ad opera dei suoi successori, non solo un luogo di potere religioso, ma anche di cultura, con una ricca raccolta di libri creati dallo *Scriptorium* per istruire i giovani.

Bene, forse potevo trovare veramente qualcosa d'importante. Decisi che la prima tappa doveva essere l'Abbazia di San Colombano. Mi incamminai e, in breve, mi trovai senza volere

inserito in una comitiva di turisti che, come la corrente di un fiume, mi aveva inghiottito e mi trasportava con sé.
Superato il lungo porticato abbellito da colonne, che si affacciava sul giardino esterno, lievemente in pendenza, che in passato aveva costituito l'orto monastico, proseguendo per un lungo corridoio illuminato da entrambi i lati da enormi finestre, mi ritrovai sulla piazza antistante la Basilica. All'interno, rimasi colpito dalla quantità di decorazioni che rivestivano i muri: l'impressione immediata era di bellezza e di imponenza.
Per mia fortuna, la guida illustrava alla comitiva cui mi ero trovato aggregato quello che si trovava via via sul percorso, anticipando che a breve avremmo visitato la cripta. Sapere che c'era una cripta riaccese il mio interesse perché solitamente questi luoghi erano più antichi delle costruzioni sovrapposte. Infatti la chiesa originaria, con il sarcofago di San Colombano, si trovava proprio nella parte sottostante, raggiungibile per mezzo di due rampe di scale poste a lato dell'altare maggiore.
Non aspettai un minuto di più, mi staccai dal gruppo al quale non appartenevo e mi avvicinai al punto in cui potevo scendere nella cripta. Mi trovai a sinistra dell'altare, guardai in fondo alle scale dove era tutto buio, ma il mio passaggio azionò dei sensori e si accesero delle fioche luci che mi permisero di orientarmi. Sulla destra una cancellata in ferro delimitava uno spazio non accessibile; a sinistra la scalinata scendeva ulteriormente nella cripta poco illuminata: davanti all'altare era collocato il grande sarcofago con le spoglie del fondatore della città.
Il silenzio, padrone del luogo, sembrava irreale; solo i miei passi risuonavano tra le pareti. Mi avvicinai alla recinzione che proteggeva il sepolcro e vidi i bassorilievi che rappresentavano la vita del Santo. Girai attorno alla tomba scrutando ogni singolo particolare, compresi i quattro ceri elettrici, molto suggestivi, posti agli angoli interni della cancellata. Sulle pareti laterali si trovavano lastre di pietra lavorate; incuriosito lessi le iscrizioni e appresi che erano i sepolcri di San Bertulfo e Sant'Attala, discepoli e successori di San Colombano. Ma non c'era nulla che mi stesse portando a una soluzione o anche solo a un'intuizione.

Tornai all'ingresso della cripta e mi voltai guardandola nella sua prospettiva. Vidi che non era completamente sotterrata, ma aveva due piccole finestre dietro l'altare dalle quali entrava pochissima luce essendo il tempo nuvoloso; sicuramente il luogo avrebbe fatto un'altra impressione visitato in un giorno di sole. Ora la chiesa era fredda, lugubre e il silenzio che la invadeva ne faceva un luogo ricco di mistero.
A sinistra c'era una cappella che ospitava una statua a grandezza naturale del Santo, ma ciò che mi colpì particolarmente fu una piccola porta in ferro chiusa con un lucchetto. Mi avvicinai per vedere cosa ci fosse dietro: pareva una stanza col pavimento grezzo, forse in pietra, ma il buio totale mi impediva di vedere quasi completamente il suo interno.
Stavo per uscire, quando sentii la voce della guida che, portato il gruppo di visitatori all'ingresso della cripta, diceva: "Per favore, qualcuno inserisca una moneta nella fessura laterale; si accenderà la luce che ci permetterà di ammirare il meraviglioso mosaico dell'Abbazia!".
Mosaico? Ecco cosa c'era dietro la cancellata che avevo trovato scendendo le scale! Ora che si era accesa la luce a tempo, si poteva ammirare l'antica pavimentazione dell'originaria basilica con la sua splendida decorazione musiva. Poi la comitiva entrò nella cripta e io, preso dalla curiosità, mi avvicinai alla guida e le chiesi cosa ci fosse dietro la fitta cancellata e dietro la piccola porta chiusa da un lucchetto.
"Ah, nessuno lo sa! Secondo la leggenda, dovrebbe dare adito a un passaggio segreto che dal castello malaspiniano raggiunge il fiume Trebbia. Serviva in passato come via di fuga" rispose la ragazza in modo sicuro.
"Ma come, nessuno in tutti questi anni ha mai verificato dove conduce questa porta?" replicai perplesso.
"No, nessuno! Anche perché è noto che, nelle fortificazioni medioevali, esistevano passaggi segreti che conducevano al sicuro in caso di assedio. In molte case della città ci sono cantine con passaggi e cunicoli che, in seguito, sono stati prudentemente murati per evitare che qualcuno si perdesse in probabili labirinti,

la cui giusta via era conosciuta da pochi. Per questo a nessuno è mai venuta voglia di correre tale rischio" esclamò.
Ero allibito. Io ero sempre stato il primo a voler scoprire ciò che in passato gli uomini avevano nascosto per volontà o costrizione; ora sentire che a nessuno era mai venuta l'idea di trovare la verità sul posto mi sembrava assurdo. Mi congedai dalla ragazza e mi diressi verso l'uscita della Basilica.
Guardando la collocazione del Castello Malaspina vidi che si trovava a ovest rispetto alla chiesa; osservando la mappa della città, notai che l'antico monastero di San Francesco era posto a est e si trovava anticamente fuori dalle mura. Secondo me, il passaggio segreto doveva passare, oltre che in questi sotterranei, anche sotto il convento per poi sbucare sul greto del fiume. Sembrava una cosa assurda, ma l'intuito mi diceva che là sotto c'era qualcosa d'importante.
'Perché avrebbero dovuto costruire un nuovo passaggio, perdendo tempo e denaro, invece di usufruire di quelli già esistenti?' pensai. Ero concentrato a capire se poteva davvero esistere un passaggio segreto e quale luogo sotterraneo poteva attraversare.
La risposta alla mia domanda la dava la lettura del materiale illustrativo riguardante il Castello, la cui costruzione, risalente ai primi del Trecento, era posteriore a quella dei conventi. Ciò mi portava a pensare che, esistendo già un probabile passaggio dal monastero di San Colombano a quello di San Francesco posto fuori le mura, la Signoria dei Malaspina non doveva tanto faticare per procurarsi una via di fuga verso il Trebbia dal fortilizio, congiungendosi proprio con questi attraversamenti sotterranei.
Dovevo pensare… e in fretta.
Decisi di non tornare a casa, ma di fermarmi a Bobbio per la notte.
Il giorno seguente avrei intrapreso un'azione non autorizzata per riuscire a scoprire quello che ormai si faceva sempre più pressante nella mia mente. Era mia convinzione che là sotto, da qualche parte, padre Abelardo, al quale era stato assegnato il compito di copiare i disegni, avesse trovato il modo di metterli al sicuro da tutto e da tutti.

Mi rifornii di uno zaino e dell'equipaggiamento che ritenni utile all'impresa: un tronchese, una torcia elettrica, una corda e una scatola di gessi. Il giorno seguente sarei entrato nella cripta della Basilica e avrei messo in atto ciò che mi stava frullando in testa da più di due ore.
Sembravo un turista come altri, di quelli che affollano la Valle la domenica in cerca di luoghi da scoprire. Camminavo col mio piccolo zaino sulla spalla, che passava inosservato agli occhi di chi mi incontrava; dentro c'era tutto quello che mi serviva per la mia spedizione in solitaria.
La sera prima in albergo avevo studiato bene il piano in tutte le sue parti, anche i probabili inconvenienti che avrei potuto incontrare laggiù. Potevo fare un buco nell'acqua, ma poteva anche essere che il mio intuito avesse ragione; ne ero sempre più convinto.
Prima di accingermi all'impresa, non potei esimermi dal fare una capatina al caratteristico Ponte Vecchio del fiume Trebbia, chiamato anche Ponte Gobbo per la sua singolarità architettonica di undici arcate tutte di diversa misura. Era bello vederlo dalla strada, ma attraversarlo mi trasmetteva una sensazione strana, come se stessi attraversando una porta del tempo, nemico-amico della gente, a volte generoso e permissivo, a volte impietoso e tiranno. In questo preciso istante, non mi era concesso un minuto di più: dovevo tornare alla Basilica perché alle dieci sarebbe iniziata la Messa e io dovevo essere nella cripta prima di quell'ora.

VII

Arrivato in chiesa, mi diressi subito verso le scale ai lati dell'altare maggiore e scesi nella cripta. Una ragazza faceva da cicerone a un folto gruppo di turisti. Non era la stessa del giorno precedente e la cosa mi tranquillizzò: non volevo essere riconosciuto. Mi aggregai quindi al gruppo per rendermi invisibile; chi si sarebbe ricordato di me nella moltitudine?
Terminata la visita guidata, la ragazza invitò in modo deciso i presenti a uscire dalla Basilica: a breve sarebbe iniziata la messa

domenicale e durante il momento liturgico non era possibile effettuare visite. Era proprio quello che volevo: nessuna presenza nel luogo dove dovevo iniziare il mio lavoro. Mi nascosi perciò dietro la statua del Santo e nessuno se ne accorse.
Il silenzio invase la cripta; passati pochi minuti, facendo attenzione a non provocare rumori che avrebbero attirato l'attenzione, iniziai a togliere dallo zaino il tronchese che mi avrebbe permesso di spezzare il lucchetto della porta che volevo oltrepassare.
Iniziata la messa, nel momento in cui l'organo soffiò le sue note basse, quasi fosse una musica infernale più che celestiale, con un colpo deciso troncai il metallo senza fatica.
'Sto entrando, che Dio mi aiuti!' dissi sottovoce e, accesa la torcia, iniziai a controllare la direzione da seguire.
La luce illuminò una piccola e spoglia stanza a forma di L: alcune assi di legno erano sparse sul pavimento, altre erano appoggiate alla parete di destra. Chiusi dietro di me la porta per non far notare l'intrusione alla comitiva che sarebbe arrivata in seguito per l'ennesima visita; ora dovevo solo trovare il coraggio di proseguire nell'impresa.
Non era la prima volta che mi addentravo in posti sconosciuti e pericolosi, ma in passato erano sempre state spedizioni organizzate, formate da più persone esperte; ora invece ero solo. Qualsiasi cosa mi fosse successa, nessuno avrebbe mai scoperto il mio corpo, e forse era meglio così; se mi fosse capitata la disgrazia di non riuscire nell'impresa e tutto fosse finito nel peggiore dei modi, Elisabeth sarebbe rimasta sola a risolvere il caso. Dovevo farcela, soprattutto per lei.
Deciso e incoraggiato da queste riflessioni, iniziai a valutare quali potevano essere le mie prossime mosse senza cadere in pericolo. Presi un gesso e iniziai a segnare il muro con una x; avrei fatto così ogni dieci passi per ricordarmi la strada percorsa fino a quel punto: metodo semplice ma assai efficace quando ti trovi in un luogo che non ti consente riferimenti esterni, come in questo caso in cui la parete era sempre uguale.
Spostate le assi appoggiate al muro, vidi un'apertura più stretta di una porta normale, comunque abbastanza ampia da permettere

il passaggio di una persona. Puntai la luce in quello che si era rivelato l'unico passaggio nel locale e notai delle scale che scendevano ulteriormente; questa volta sarei sceso sotto il livello del terreno. Per un attimo il panico da ignoto mi assalì facendomi tremare leggermente la mano che reggeva la torcia.
Al polso portavo il mio orologio super tecnologico e sportivo, di quelli che ti indicano battiti cardiaci, temperatura corporea ed esterna; soprattutto aveva lo strumento per me più importante in quel momento: la bussola. La direzione che indicava era nord-est, dovevo essere sulla strada giusta; iniziai a scendere facendo attenzione a dove mettevo i piedi. Gli scalini erano stretti e ripidi, ma fortunatamente asciutti; continuavo a puntare la torcia sempre avanti per illuminare il cammino e le scale che scendevano formando un'ampia chiocciola.
Giunto al termine, illuminai il posto dove mi trovavo: il luogo asciutto che avevo trovato in precedenza si era trasformato ora in un antro umido, le pareti trasudavano acqua e lasciavano nell'aria l'odore tipico della muffa. Controllai di nuovo la bussola e, nonostante la discesa circolare che le scale mi avevano costretto a seguire, mi trovavo ancora rivolto a nord-est.
Il silenzio fu rotto dalla nitidezza del suono che arrivava dalla Basilica sovrastante, segnale che in qualche modo vi era un collegamento diretto che dava la possibilità di aerare il luogo dove mi trovavo. Controllai il soffitto e vidi che in un angolo era posta una grata dalla quale scendevano ragnatele bagnate dall'umidità; mi chiesi come fosse nascosta nella Basilica.
In quel momento però non mi interessava scoprirlo, dovevo solo proseguire. Il luogo era di poco più grande di quello iniziale; facendo scorrere la luce sulle pareti, trasalii nel vedere un volto che mi osservava con gli occhi sbarrati. Ripreso il respiro interrotto dalla paura, mi resi conto che quello che mi aveva spaventato non era altro che una statua a grandezza naturale riposta in una nicchia.
L'osservai meglio puntando la luce più da vicino: raffigurava la statua di un Santo, ma dire a chi appartenesse era difficile; sicuramente era lì da tanti anni, forse secoli, infatti il colore

stava lasciando spazio al legno rigonfio e quasi marcio; appena la toccai, la statua cadde a terra in tre grossi pezzi, lasciando solo la parte posteriore appoggiata al muro. Sul pavimento erano posizionati dei candelabri lignei mezzo rovinati oppure rotti e due tele lacerate e ormai irrecuperabili raffiguranti la Vergine; il tutto ricoperto da polvere e ragnatele.

L'idea che mi stavo facendo del locale era che fosse una specie di ripostiglio della chiesa, un luogo dove mettere momentaneamente gli arredi sacri che non servivano, arredi in seguito dimenticati.

Sentii un rumore, ma ormai le mie coronarie erano state messe a dura prova e non mi spaventò più di tanto un grosso ratto che sfiorò i miei piedi. La luce lo spaventò e scappò in una direzione che attirò immediatamente la mia attenzione: si era infilato dietro il fondo rimasto in piedi della statua che mi aveva atterrito poco prima. Mi avvicinai e toccai il legno appoggiato alla parete: questo si staccò mostrandomi un passaggio stretto e basso; dovetti piegarmi per percorrere, con fatica e facendomi largo fra le ragnatele, quello che si rivelò un breve collegamento con un più ampio sotterraneo segreto.

Sentivo sul viso una ventata di aria fresca che giungeva da non so dove, il buio non mi concedeva di capire dove mi trovavo, vedevo solo che la zona dove ero sbucato era un ampio corridoio. Mi voltai e segnai con forza sulla parete una croce col gesso per ricordarmi da dove ero venuto e, osservata la bussola che segnava il nord, feci un rapido punto della situazione.

Se il corridoio dove mi trovavo era quello che pensavo, andando verso sinistra sarei giunto al Castello; mentre, se avessi preso la strada alla mia destra, mi sarei ritrovato sicuramente più a est e cioè al monastero di San Francesco. Decisi senza pensarci due volte di avviarmi a destra, confidando nel mio intuito. Costeggiavo il muro, mentre la luce della torcia danzava sulle pareti irregolari, rese lisce dall'azione dell'acqua che scendeva lenta in piccoli rigagnoli.

Iniziavo ad avere i brividi: il luogo era umido e l'aria che ogni tanto mi investiva non faceva altro che aumentare la sensazione di freddo. Mi infilai il k-way che prudentemente mi ero portato

da casa, ora più che mai indispensabile. Passando in rassegna ogni palmo di roccia che accompagnava il mio cammino, notai ad ogni tratto infisso nella parete un ferro su cui poggiava una torcia di stracci di iuta, ormai ridotti a pochi brandelli ammuffiti, ma che in passato, impregnati di pece e incendiati, servivano ad illuminare il passaggio segreto in caso di fuga.
Quello che temevo si verificò a un certo punto, quando il corridoio che stavo percorrendo si sdoppiò. Non sapendo quale scegliere dei due, pensai che se avessi tenuto la sinistra mi sarei ritrovato più a nord, rispetto al monastero che mi interessava, quindi decisi di infilarmi nel corridoio di destra, non prima di aver segnato con una x l'ingresso che stavo per varcare.
'Ormai dovrei essere quasi arrivato' dissi a me stesso come per rassicurarmi; camminavo e illuminavo di volta in volta i muri e il suolo su cui mettevo i piedi per paura di qualche trappola posta a difesa del luogo.
Il tempo qui sotto trascorreva scandito da un ritmo differente da quello che, invece, freneticamente regolava in superficie la vita delle persone; pareva fossero trascorse ore, invece ero qui da trenta minuti appena. Percepivo che il corridoio era leggermente in discesa e ciò mi fece pensare di essere sulla strada giusta: ero felice. Infatti il monastero si trovava più giù verso il fiume. Mi lasciò perplesso il fatto che, a un certo punto, mi trovai a risalire e, appena dopo una decina di metri, trovai alcuni scalini. Non sapevo dove stavo andando, punti di riferimento non ne avevo, ma c'era qualcosa che non quadrava: perché farmi scendere per poi risalire, addirittura con degli scalini? E soprattutto: perché in questo momento la mia bussola segnava sud-ovest?
Ero tornato indietro, la direzione era decisamente opposta a quella che dovevo tenere. Dovevo solo proseguire e cercare di trovare una via d'uscita, ma il cuore iniziava a battere forte; non ero più così sicuro come pochi istanti prima, quando cioè sembrava così facile raggiungere il luogo che mi ero prefissato, guardando solo una mappa della città.
Le mie certezze si erano perse guardando la bussola. Chi aveva progettato questi passaggi non doveva essere così ingenuo come

ero stato io; chi aveva costruito tutto questo conosceva bene il modo per disorientare chi avesse voluto percorrere, da solo, i sotterranei senza avere i giusti riferimenti. Accidenti, avrei dovuto immaginare che in epoche ormai lontane questo passaggio non doveva servire solo per scappare, ma doveva anche essere un luogo che permettesse la difesa dai nemici... e io avevo sottovalutato l'ingegno dei monaci.
Sconsolato e terrorizzato dalla situazione in cui mi ero cacciato, mi sedetti sugli scalini che avevo dinnanzi. Non mi vergogno di ammettere che, in quel momento, mi vennero le lacrime agli occhi, non tanto per la paura, quanto perché avevo sopravvalutato il mio ingegno. Avevo studiato tanto per svolgere una professione che, alla fine, non si discostava molto da questa impresa; forse la sicurezza che avevo acquisito mi aveva fatto sottovalutare la conoscenza di un mondo che non mi apparteneva. Ero deluso da me stesso; tutto il lavoro svolto per anni con serietà e professionalità, tutti gli insegnamenti impartiti agli studenti nei corsi universitari ora si rivelavano inutili; mi ritrovavo confuso.
Era successo che, durante ricerche archeologiche a cui avevo partecipato, si presentassero situazioni per cui si cadeva in trappole come questa, ma l'organizzazione che seguiva l'impresa faceva in modo da uscirne sempre al meglio, dotandoci di un equipaggiamento completo per risolvere problemi di qualsiasi genere. La cosa più importante era che quotidianamente si studiava il da farsi in base alle problematiche del giorno precedente. C'era uno studio a monte e un'équipe preparata nella quale ognuno aveva il proprio ruolo: i rischi che correvi erano ridotti al minimo. Ora qui sotto ero completamente solo.
Mi resi subito conto di quanto la paura riuscisse a fare brutti scherzi: il silenzio era rotto dal rumore dell'acqua che scorreva sulla roccia e cadeva a terra rimbombando nel corridoio, parevano i passi di qualcuno che si stava avvicinando; solo la capacità di raziocinio mi aiutò a rimanere calmo. Mi sentivo uno stupido: in quel momento non avevo un'alta considerazione di me stesso, ma dovevo reagire.
Ripresi dignitosamente la padronanza di me stesso e la calma

necessaria per riuscire nell'intento di mettere piede fuori da quella trappola; guardai l'orologio ed era già passata un'ora senza che me ne accorgessi. Mi alzai e pensai che, se quella doveva essere la mia tomba, almeno avrei lottato per cambiare il mio destino.
Deciso a non lasciare nulla di intentato, ripresi il cammino salendo le piccole scale che avevo di fronte; ormai non sentivo più neanche il freddo, tanto ero carico di adrenalina che la tensione mi aveva procurato nell'ultima ora. La torcia illuminava il passaggio che si faceva sempre più stretto, tanto da far pensare che portasse al nulla; mi stavo convincendo che da un momento all'altro mi sarei trovato davanti un muro e il panico mi avrebbe portato ad un attacco di claustrofobia. Stavo pensando a tutte le ipotesi per prepararmi al peggio, invece alla fine dello stretto corridoio sbucai in uno più ampio; guardai la bussola, mi trovavo di nuovo rivolto a nord-est.
Feci un respiro profondo e mi appoggiai alla parete umida; dovevo mantenere la calma se volevo uscire dall'inferno in cui mi ero volutamente cacciato. Mi avviai di nuovo verso destra, sempre convinto che in quella direzione avrei trovato qualcosa di importante o, se non altro, la libertà.
Illuminavo la parete del corridoio che mi avvolgeva nella sua umida morsa quando, fatti pochi passi, vidi qualcosa di familiare che mi riaccese la speranza. Sul muro ritrovai la croce che avevo tracciato col gesso all'uscita del piccolo passaggio di collegamento, il quale, da una specie di cantina della chiesa, mi aveva portato nel tunnel. Mi passai il dorso della mano sulla fronte per asciugarvi l'umidità condensata, ma forse si trattava del mio sudore.
Ripreso il cammino già seguito precedentemente, mi ritrovai in prossimità della biforcazione che mi aveva fatto optare per la strada sbagliata; sulla parete vidi l'indicazione che avevo lasciato in seguito alla mia scelta e, questa volta senza pensarci su, presi il percorso di sinistra.
Avevo fatto pochi passi quando, sia a sinistra che a destra, comparvero sul muro due croci templari. Pensai subito che potevano essere un segno indicante la giusta via lasciato da un Cavaliere dell'Ordine; ma poteva anche essere che i due simboli

fossero stati tracciati per scoraggiare chi vi si fosse addentrato.
Dovevo rischiare: giunto a questo punto cosa avevo da perdere? Sentivo ancora l'aria fresca giungere di fronte a me e questo mi faceva pensare a qualche griglia nei paraggi; controllai meglio le pareti, ma non vidi nulla. Sicuramente la corrente d'aria che si creava nei sotterranei era tale da permettere la sua libera circolazione e, di conseguenza, consentiva di fornire ossigeno a chi era di passaggio.
Mentre camminavo facendo attenzione a dove mettevo i piedi e illuminando ogni metro di roccia scavata, mi accorsi che le pareti bagnate, che avevano caratterizzato i precedenti passaggi, ora erano diventate asciutte; il motivo doveva essere imputato alla differente composizione del terreno, meglio così. Il luogo meno umido risultava anche meno freddo e ciò non mi dispiaceva; la bussola mi posizionava a est, segno che la direzione intrapresa stava dando buoni frutti; non avrei retto emotivamente a un altro giro a vuoto, perso nei meandri di quel condotto sotterraneo.
Sentivo l'odore della polvere che predominava, assieme alle fitte ragnatele che come tende scendevano dal soffitto e che, spostate dalla mia mano che apriva un varco, si muovevano leggere al mio passaggio.
Il mio avanzare si interruppe davanti a dei blocchi di pietra che ostruivano parzialmente il cammino; sicuramente la parete nel tempo aveva ceduto, per cause diverse, ma questo piccolo imprevisto non mi impediva di proseguire. Appoggiai la torcia a terra in modo che illuminasse le pietre e, spostandole con una certa fatica, mi creai lo spazio sufficiente per passare.
Chi mi avesse visto in questo momento, bagnato e sporco, si sarebbe spaventato pensando a chissà cosa. La mia mente andava alla vasca da bagno a casa mia; quanto avrei voluto in quel frangente essere immerso nell'acqua calda a farmi un idromassaggio; ne sarei uscito rilassato, come nuovo. Così pensavo, mentre i miei passi si facevano più svelti a causa del pendio del terreno.
Ero intento a illuminare le pareti all'altezza del viso, quando calpestai qualcosa che si frantumò sotto il mio peso. Spaventato puntai la luce verso il basso e immediatamente feci un balzo

indietro, inorridito. Ai miei occhi si presentava una scena terribile: tre corpi, ormai ridotti a scheletri, erano riversi a terra, uno vicino all'altro. Passati i primi secondi necessari per riprendermi dalla paura, osservai meglio ciò che restava di quei poveretti che avevano trovato la morte qui sotto.

Ciò che involontariamente il mio piede aveva calpestato erano ossa che appartenevano senza dubbio ad un frate che riconobbi dal saio e dai calzari; guardando più attentamente, capii che l'uomo era caduto sotto il colpo mortale di un pugnale che era ancora conficcato nel suo costato. Appena più avanti si vedeva l'altro cadavere in posizione quasi seduta; l'elemento raccapricciante era che la sua testa era staccata dal resto del corpo e si trovava a terra lì a fianco; dai vestiti si capiva che si trattava di una donna. La stoffa e la foggia dell'abito non lasciavano dubbi. Ma ciò che più mi colpì, guardando la macabra scena, era che la sua mano teneva quella del terzo corpo: quello di un bambino; con tutta probabilità anche lui aveva condiviso la tragica sorte degli altri.

Fui preso dalla pietà. Cercai di proiettare nella mia mente ciò che poteva essere accaduto di così terribile da causare un epilogo tanto crudele. Pensai che il frate fosse colui che aveva il compito di mettere al sicuro la donna con suo figlio; scoperta la fuga dei tre, probabilmente con la complicità di spie ben pagate, era stata data loro la morte in modo violento.

Nel Medioevo complotti, violenze e soprusi erano all'ordine del giorno; scene come questa facevano parte della realtà di una società che considerava la vita umana in modo differente dai nostri attuali criteri. Mi venne spontaneo chiedermi se l'uomo fosse davvero cambiato, se veramente avesse tratto profitto dagli insegnamenti della storia, se davvero il nostro mondo fosse oggi così diverso da quello dell'epoca dei nostri avi. Purtroppo, qualsiasi considerazione mi portava sempre alla stessa conclusione negativa.

Amareggiato da questi pensieri, ripresi ad osservare meglio il corpo del frate che aveva interrotto il mio cammino, perché qualcosa aveva attirato la mia attenzione. Vidi che la mano ormai scheletrita aveva buona parte delle dita inserite in una fessura nel

muro di fronte; spinto dalla curiosità avvicinai ulteriormente la torcia fino ad illuminare, a distanza ravvicinata, la parete in pietra. Fu in quel momento che si riaccese in me la speranza di trovare ciò che mi aveva spinto nei sotterranei. Appoggiai la luce a terra e, come un bambino che sta per aprire il suo pacco-dono, preso dall'agitazione del momento, iniziai a pulire la roccia da ragnatele e polvere, inserendo le dita nella fessura e facendole scorrere al suo interno. Seguendo la linea che questa formava, potevo notare che realizzava un rettangolo alto poco più di un metro e settanta e largo circa uno.
'Una porta! Caro amico mio, grazie di avermi mostrato la via!' dissi mentalmente rivolgendomi al povero frate steso ai miei piedi.
Ripresi a controllare meglio il taglio nella roccia: ora dovevo riflettere sul modo di aprire la parete che mi stava davanti. Sicuramente doveva esserci qualche meccanismo che me lo permettesse; scrutavo ogni palmo della fessura per capire, ma non trovavo niente. Pensavo a qualche ingegnoso metodo tipico dell'epoca: per esempio ingranaggi che facevano scorrere delle catene; oppure corde alle cui estremità un masso, facendo da contrappeso alla pietra da spostare, permetteva l'apertura della porta facendola alzare. Ma non vedevo il modo; sarebbe stato complicato un sistema simile in uno spazio così ristretto, soprattutto perché in alto non vi era la possibilità di ospitare un masso grande come la pietra che mi stava davanti. Quindi doveva esserci un altro sistema. Pensai a uno scorrimento su binari, che però accantonai immediatamente: sarebbe stato troppo faticoso anche per tre uomini spostare un masso di quelle proporzioni; figuriamoci per un uomo solo.
Mi sedetti accanto al corpo del monaco a riflettere; quasi che, guardando quel poveretto morto secoli prima, mi potesse venire un'idea, un'ispirazione.
Pensando a come avrebbe potuto un piccolo uomo spostare un peso così grande, mi venne in mente di passare la mano proprio dove l'aveva infilata il frate, facendola scorrere sotto la porta. Fu una grande rivelazione: qui si trovavano, posizionati ai lati, due ferretti a forma di T affrancati al suolo da un anello di ferro;

questi si agganciavano ad una protuberanza sottile di pietra che quasi toccava terra, mentre al centro c'era un perno su cui era appoggiata la lastra di pietra.
A fatica tolsi quelli che oggi potremmo definire ganci di sicurezza; infatti, se anche qualcuno avesse trovato la porta, non sarebbe mai riuscito ad aprirla, neppure usando tutta la forza a sua disposizione. Sfruttai tutta l'energia che possedevo fino a far tremare i muscoli del mio corpo per togliere ciò che impediva l'apertura; alla fine mi alzai e, con i piedi ben piantati sul terreno, appoggiai le mani sulla parete e spinsi. Sotto una leggera pressione della mano, la porta si aprì girando sul perno posizionato esattamente nel suo baricentro, tanto che anche un bambino l'avrebbe aperta senza fatica. Sicuramente era un'opera di grande maestria, realizzata da chi conosceva bene le leggi della fisica: pensare di porvi dei ganci sotto per bloccare l'enorme monolito era un'idea geniale.
Se la porta aveva la funzione di nascondere qualcosa d'importante, doveva anche essere costruita in modo che l'accesso risultasse impossibile a chi non sapeva del congegno; altrimenti chiunque, passando la mano sopra il muro anche involontariamente, l'avrebbe aperta. Ero sbalordito, ma ancora di più lo fui quando entrai in quella che si rivelò una stanza segreta.
Illuminato il luogo con la torcia, vidi che non era grande, ma permetteva di nascondere cose e persone se ci fosse stata la necessità; aveva forma rettangolare e il soffitto era abbastanza alto da consentire una migliore ossigenazione. Nelle pareti c'erano nicchie di varie dimensioni che, con tutta probabilità, servivano per riporre in modo ordinato quello che momentaneamente doveva essere nascosto. In mezzo alla stanza c'era un tavolo in legno su cui era appoggiato un contenitore; da questo uscivano due legni piuttosto lunghi. Mi avvicinai e vidi che erano inseriti in un liquido molto denso e nero; l'odore non lasciava dubbi sulla sua composizione chimica: era catrame. Sotto il tavolo c'era una tinozza ormai rotta che sicuramente doveva contenere l'acqua necessaria per spegnere le torce infuocate.
Ma quello che mi rallegrò fu vedere che sul tavolo era presente l'antenato dei nostri fiammiferi: un acciarino! Il manufatto di

ferro, abilmente lavorato, era posto accanto a una pietra di selce: ciò che serviva per ottenere il fuoco. Incuriosito provai a mettere in atto quello che avevo finora letto solo sui libri: presi la torcia e la posizionai sull'apposito ferro nel muro, il catrame era così denso che non colava affatto; presi la selce e cominciai a colpire l'acciarino; straordinariamente, nonostante fosse arrugginito, procurava ancora scintille che in un attimo fecero incendiare la torcia.

Presupposi che nella stanza doveva essere posizionata una griglia in modo da consentire l'ingresso dell'aria, e di conseguenza l'ossigeno necessario per il fuoco; allo stesso tempo doveva far sì che il fumo prodotto non stazionasse rendendo difficile il respiro di chi vi soggiornava.

Il fuoco illuminò il locale che non ospitava persone da centinaia di anni; sembrava di essere tornati indietro nei secoli, l'atmosfera che vi si respirava era suggestiva. Soprattutto pensare che ero il primo a mettere piede in quel luogo dopo tanto tempo mi faceva sentire un eletto, un privilegiato.

Ero commosso; pensavo a quanto mistero quelle pareti mi stavano trasmettendo, a quante situazioni in cui la congiura, la fuga, l'occultamento di oggetti preziosi le rendevano protagoniste. Rivivendo in un attimo, come se stessi guardando un film, la probabile storia del posto nelle varie situazioni, la commozione divenne angoscia.

Sul lato destro il pavimento era bagnato; alzai gli occhi e guardai il soffitto che mi rivelò effettivamente una grata, alla fine di un camino naturale, da cui scendevano delle piccole radici; con tutta probabilità questo aveva lo sbocco al di fuori del paese, dove erba e cespugli avevano sicuramente nascosto il passaggio, tanto che nessuno si era mai accorto di nulla.

Ora non avevo più tempo da perdere e, ripresa la concentrazione sull'obbiettivo finale, mi misi a guardare nelle nicchie alla ricerca di qualcosa che non avevo neanche idea di cosa potesse essere.

Coperti dall'abbondante polvere, gli oggetti sembravano tutti uguali, quindi decisi di controllare ogni singolo incavo per capire che cosa avessi davanti. Misi la mano nel primo scoprendo che

le ragnatele celavano uno splendido e antico calice liturgico con relativa patena. In un'altra nicchia erano adagiati due candelabri finemente cesellati che, dal colore annerito, supposi fossero d'argento; il loro peso era notevole, come notevole doveva essere il loro valore. Contai sulle pareti dodici fori di varie dimensioni, per la maggior parte vuoti; in altri ancora trovavo reliquiari con dentro frammenti di ossa provenienti da chissà dove; ma quello che colpì la mia attenzione fu una piccola scatola in legno riposta sul fondo della nicchia più profonda. Era al buio, coperta da ragnatele, e quasi non si vedeva; allungai la mano e l'afferrai.
Sembrava a prima vista un porta-reliquie come le altre; esaminandola meglio vidi che, nella forma, assomigliava ad un'arca in miniatura; il legno era fragile, ma integro e di pregiata manifattura.
Lo osservavo attentamente tenendolo tra le mani: soprattutto cercavo di capire come aprirlo, visto che non possedeva alcun incastro che potesse far pensare ad una scatolina con coperchio.
Giravo e rigiravo l'antico manufatto rilevandone i particolari: non era più lungo di dieci centimetri e alto cinque o sei, era a forma di casa con tanto di tetto, con una lavorazione che faceva pensare ad una schiena di drago. Nelle due pareti rettangolari era incisa una croce con la linea orizzontale più lunga; nei lati quadrati fronte-retro invece era inciso un cerchio avente all'interno dei raggi e sopra un piccolo foro.
Strano, non avevo mai visto niente di simile e non riuscivo a capire cosa potesse contenere; l'agitai delicatamente e sentii che all'interno c'era qualcosa di solido. Ripresi a valutare meglio la piccola scatola e notai che il cerchio presente su un lato aveva i raggi posizionati in modo diverso da quelli del lato opposto. Mi si accese la lampadina in testa.
'Vuoi vedere che le due ruote si possono togliere girandole?' mi dissi controllando meglio, ma facendo pressione col pollice, queste non si muovevano di un millimetro.
A quel punto staccai dalla torcia un pezzetto di legno abbastanza resistente anche se sottile e, usandolo a mo' di cacciavite, lo infilai in uno dei due fori presenti. La manovra fece scattare un

meccanismo per cui il cerchio del lato opposto cadde a terra; potei così osservare l'interno del contenitore, ma non riuscii comunque a prendere l'oggetto nascosto.

'Santo cielo! Chi ha progettato questo voleva essere certo di rendere la vita difficile a chi lo volesse aprire!' pensai.

Divorato dall'impazienza, pensai anche di usare le maniere forti facendo cadere il contenitore violentemente a terra, ma ricordai che, in passato, certi involucri che celavano documenti importanti venivano provvisti di liquidi atti a distruggere quello che custodivano in caso si fosse usata la procedura sbagliata. Ero obbligato quindi a capire il funzionamento; chi aveva architettato tutto ciò sapeva che solo chi era dotato di una mente brillante poteva riuscirci.

'Adesso devo ricorrere a tutta la mia preparazione per riuscire a battere, in abilità, l'intelligente fraticello che ha fatto questo!'.

Controllai nuovamente la piccola scatola facendola rigirare come se stessi giocando al famoso cubo rompicapo; così facendo vidi che il foro presente sul cerchio caduto, e che fungeva da tappo, aveva un suo simile nel lato opposto. Senza esitare presi lo strumento di legno che mi ero creato precedentemente e lo infilai nel piccolo foro sulla parte che si era tolta. Premendo leggermente contro la parete interna opposta, come per magia, anche il secondo cerchio cadde a terra con mia grande soddisfazione.

A quel punto si poteva vedere da entrambi i lati che all'interno c'era un'ampollina di vetro paragonabile ad una fialetta di quelle che si usano nei laboratori di analisi. Il diametro era inferiore ai fori della scatola solo di un millimetro: ecco perché non riuscivo ad estrarla! Dovevo quindi metterla in posizione assolutamente perpendicolare al foro. Operazione che potevo eseguire solo togliendo entrambi i dischetti; infatti, facendo appoggiare la fiala sull'apertura e tenendo la scatola verticale, dall'altro lato facevo pressione col dito all'interno spingendo verso l'esterno il suo contenuto: un gioco da bambini.

Quando ebbi in mano l'ampollina di vetro, potei notare che al suo interno c'era una pergamena bene arrotolata, poco più piccola del contenitore che l'ospitava, e che non vi era alcun liquido che

potesse procurare danni. Il tappo di ceralacca avrebbe permesso una totale impermeabilità in caso di contatto con l'acqua o l'umidità. Era stato tutto studiato nei minimi particolari affinché non si potesse distruggere nel tempo; quindi ne dedussi che il contenuto della pergamena doveva essere importante.
Non aspettai un altro minuto: misi la fiala sul tavolo e con il fondo della torcia elettrica picchiai un colpo secco sopra il vetro sottile che si ruppe immediatamente. In quell'istante la pergamena allargò i suoi cerchi concentrici che la costringevano nel contenitore e finalmente potei afferrarla.
Mentre la srotolavo delicatamente, mi sembrava di toccare qualcosa di sacro: ero emozionato e tremante. Non capita tutti i giorni di avere tra le mani un documento vecchio di secoli che nessuno aveva mai più toccato. Era sempre così, ogni volta si provava la stessa emozione. Quando nelle spedizioni si riportava alla luce un pezzo di storia, noi archeologi ne eravamo gli artefici; tutto questo ci gratificava e ci faceva sentire come coloro che mettevano nuovamente nelle mani dell'Umanità le testimonianze del proprio passato.
Aprivo lentamente il pezzetto di carta che sembrava non finire mai; a operazione conclusa avevo tra le mani un foglio lungo circa trenta centimetri. La fatica a cui ero stato sottoposto nelle ultime ore fu in un momento ripagata: avevo davanti agli occhi ciò che Vicedomini aveva fatto copiare al suo confratello Abelardo, per metterlo al sicuro. Finalmente ero in possesso di qualcosa che poteva indirizzarmi alla Pietra degli Dei.
Riavvolsi la pergamena e la misi al sicuro nello zaino; a casa l'avrei analizzata con più calma. Ora dovevo uscire da quel posto alla svelta, anche perché l'orologio segnava le diciotto e trenta: sembrava impossibile che fosse passato così tanto tempo.
Uscito dalla stanza segreta spensi la torcia soffocando le fiamme con la stoffa dell'abito della donna; la mia lampada permetteva di puntare la luce più in profondità e mi avrebbe agevolato ulteriormente il cammino.
Proseguendo per la strada che avevo interrotto precedentemente, fatti una decina di passi, trovai a sinistra un condotto che,

guardando sulla mappa, mi resi conto mi avrebbe portato sicuramente al monastero di San Francesco. Ormai la voglia di uscire da quei sotterranei per ritornare a casa mia era tale che il mio passo si fece quasi di corsa, sia per recuperare il tempo perso sia perché volevo studiare bene e in tranquillità quei disegni che avevo appena intravisto velocemente.
Infilato il cunicolo, mi trovai ancora davanti a una doppia possibilità di scelta del sentiero: uno portava a sinistra e sicuramente mi avrebbe condotto all'inizio del sotterraneo, l'altro proseguiva diritto. Optai per la via che avevo di fronte, sicuro che mi avrebbe portato fuori da qualche parte nel vecchio monastero francescano. Non impiegai molto prima di giungere davanti ad un passaggio murato. Mi resi subito conto, guardando i mattoni di nuova manifattura, che era stato chiuso in epoca recente.
'Questo non ci voleva!' sbottai tirando un calcio al muro.
Ritornato sui miei passi, ignorando l'altro passaggio che portava a ovest, mi ritrovai nel condotto principale dal quale ero venuto. Ora dovevo proseguire cercando di raggiungere l'uscita che era con tutta probabilità vicino al corso del fiume; la fortuna che mi aveva accompagnato nell'ultima ora sembrava avesse deciso di abbandonarmi.
Dopo aver percorso abbastanza strada, mi ritrovai con i piedi quasi sommersi dall'acqua, segno che mi trovavo nella direzione giusta, ma la delusione era dietro l'angolo: infatti, più avanti c'era il passaggio ostruito da terra e sassi che, insieme, formavano una barriera insuperabile. Dovevo immaginare che col passare dei secoli le cose potevano essere cambiate: l'azione dell'acqua, unita all'attività dell'uomo, aveva modificato l'aspetto del sottosuolo. Ora dovevo per forza tornare indietro.
'Si sta facendo molto tardi, Simone, pensa a qualcosa!' esclamai superato l'attimo di smarrimento.
Mi voltai e decisi di tornare alla Basilica da cui ero venuto; camminavo col respiro affannoso per come i miei passi erano veloci. L'orologio segnava le diciannove e quindici; se fossi entrato di nuovo in chiesa avrei passato dei guai; per prima cosa come avrei fatto a giustificare il mio abbigliamento sporco

e bagnato? Non sarei certo passato inosservato, mi avrebbero preso per pazzo e sicuramente avrebbero chiamato i carabinieri. Secondo punto, non meno probabile: e se la chiesa fosse stata già chiusa? Come avrei fatto a uscire senza problemi?
In quel momento non nego che mi rivolsi ai santi del paradiso pregando che mi aiutassero ad avere un'idea quando, arrivato vicino alla stanza segreta, decisi di provare a controllare meglio la griglia che avevo scoperto in precedenza.
Entrai nuovamente nel luogo che mi aveva regalato la pergamena e, puntata la torcia nel camino, illuminai la grata. Non si vedeva granché, fuori doveva trovarsi qualche arbusto che impediva la visuale dell'apertura; scrutai bene ogni centimetro del passaggio verticale pensando che, se qualcuno fosse stato in pericolo nel sotterraneo, doveva pure avere una via d'uscita alternativa. Feci un'analisi della situazione arrivando alla conclusione che, in passato, il nemico poteva scoprire le vie d'accesso al condotto, di conseguenza le menti raffinate dell'epoca, che erano riuscite a creare tutto questo, dovevano per forza aver pensato al piano d'emergenza.
Guardai meglio. A parte dei ragni enormi che facevano la guardia alla grata, notai, quasi nascosto da una radice che scendeva, un ferro con le due estremità conficcate nella roccia, quasi a formare un maniglione a cui aggrapparsi. Bene, i santi mi avevano aiutato! Anticamente, con tutta probabilità, nella stanza si trovava una scala che consentiva l'uscita attraverso il camino, ma ora? A osservarlo bene era di circa tre metri di altezza e di appigli non ne avevo. Misi il tavolo sotto l'apertura; salendovi sopra sarei stato abbastanza alto per infilarmi e poi risalire facendomi forza con le gambe, ma appena appoggiai il ginocchio sul piano, questo si ruppe sotto il mio peso e caddi a terra.
'Che sciocco! Dovevo immaginare che il legno dopo secoli poteva anche essere marcio! E ora? Qualche idea?' domandai a me stesso. Mi venne in mente che avevo comprato una corda da alpinista, di quelle sottili ma resistenti; pensai che non avevo mai fatto acquisto migliore. La presi e feci un nodo alla sua estremità per poter avere un maggior peso che mi consentisse di lanciarla meglio. Iniziai

quello che sembrava un gioco: dovevo cercare di far passare la corda tra il ferro e il muro per poi farla scendere in modo da poterla usare per risalire. Sembrava facile, ma alla decima volta che lanciavo il nodo inutilmente venni sopraffatto dalla disperazione. 'Non ce la farò mai! Perché... perché? Ma cosa ho fatto di male per meritarmi tutto questo? Anche la corda si ritorce contro di me!'.
Ormai stavo delirando, preso dall'ansia e dalla stanchezza; mi sedetti un attimo lisciandomi con le mani sporche i capelli bagnati dall'umidità; ma non era da me avere una tale reazione. Contrariamente alla mia indole, mi stavo arrabbiando!
Alzatomi di scatto, presi la corda e, con tutta la mia forza accompagnata da un urlo liberatorio, la lanciai in alto verso la griglia. Non so quale mano invisibile mi aiutò, ma il nodo toccò una radice che deviò la traiettoria facendo infilare la cima nel semicerchio che il ferro formava. La gioia era tale da farmi piangere: finalmente vedevo la fine dell'incubo in cui mi trovavo. Mi aggrappai alla mia ancora di salvezza e, con la forza di braccia e gambe, mi portai in prossimità dell'uscita; strappai con le mani parte della fitta vegetazione che era sopra la grata, soprattutto cercando di togliere le radici che, come spaghi, la tenevano legata. Non sarebbe certo stata un po' d'erba ad impedirmi la libertà, volevo uscire e lo volevo fare subito.
Vidi che il maniglione di ferro era molto spesso e resistente per cui mi attaccai ad esso e, facendo forza con l'altra mano, spinsi verso l'esterno la pesante grata che cadde sull'erba non procurando alcun suono. Ero libero.
Tutto intorno era campo incolto e cespugli dimenticati da anni; mi trovavo vicino alla Statale e vedevo poco lontano il Ponte Gobbo. Alle mie spalle c'era Bobbio con le sue luci della sera; per mia fortuna era buio, così conciato non mi avrebbero notato in molti. Dopo aver riposizionato la grata ricoprendola di rami e foglie, mi diressi verso l'auto. Piovigginava ancora e tutto sembrava irreale; ritornare all'aperto dopo essere stato prigioniero dei sotterranei mi procurava una sensazione di rinascita. Ero felice di vedere le luci della città, ero felice di respirare l'aria umida della sera, ero felice di essere vivo.

Giunsi all'auto, guardai attorno se c'erano persone che potessero vedermi e, notato che la via era deserta, mi levai i pantaloni terribilmente sporchi e mi sedetti sul sedile; in una borsa avevo portato il cambio nel caso mi fosse servito e, come un fulmine, indossai i vestiti asciutti. Ora stavo decisamente meglio, potevo mettere in moto e ritornare in fretta a Milano.
La stanchezza si faceva sempre più pressante e, non avendo mangiato niente in tutto il giorno, iniziavano a mancarmi le forze. Volevo tornare a casa, là mi sarei ripreso, soprattutto avrei controllato con calma i disegni che si trovavano sulla pergamena, sperando di poterli attribuire a qualche popolo conosciuto dell'antichità.
Auspicavo che i disegni, di cui parlava Vicedomini, altro non fossero che geroglifici: per me sarebbe stato facile tradurli e capire in cosa consisteva la Pietra degli Dei.
Riflettendo su questo ero intanto arrivato a casa e, aperta la porta, entrai nel mio rifugio, al sicuro. L'orologio all'ingresso segnava le ventidue, avevo avuto una giornata intensa, ma che aveva portato i suoi frutti. Ora dovevo solo riprendermi.

VIII

Mi sentivo davvero rinato dopo un bel bagno caldo, ma ora era arrivato il momento di prendere la pergamena e studiarne il contenuto. Lessi ciò che Elisabeth ed io avevamo già tradotto dal libro liturgico di Vicedomini: "Io sono Dardano, figlio di Zeus e provengo dall'Antica Madre…". Non avevo più dubbi: ciò che il francescano aveva messo al sicuro era proprio lì davanti a me.
Tradussi rapidamente quello che vi era scritto, anche se lo conoscevo già, per verificare che non fossero state aggiunte parole nuove, ma quello che mi interessava erano i minuscoli disegni che erano posti in calce.
Presi una lente d'ingrandimento per poter vedere bene di cosa si trattava. Da principio non riuscivo a catalogarli in nessun tipo di scrittura conosciuta: non erano geroglifici egizi, di questo ero

certo, e la cosa mi deluse un po', anche perché speravo di poter dar loro la giusta collocazione storica.
Fermo con la pergamena davanti, guardavo in modo ossessivo quei segni enigmatici: apparentemente tutti uguali. I due dischi abilmente disegnati dalla mano esperta di padre Abelardo e rappresentanti il fronte e il retro della Pietra mi erano familiari.
A un certo punto si accese in me una sorta di illuminazione. Cercai nella libreria uno dei miei tanti volumi su cui erano riportate immagini di scoperte di reperti antichi, facendo cadere la scelta su quello in cui speravo di trovare proprio l'immagine che avevo in mente da dieci minuti. Lo trovai e iniziai a sfogliarlo: ero certo che quello che stavo cercando si trovasse proprio su questi fogli. Arrivai alla pagina desiderata e, con un tuffo al cuore per l'emozione, mi sedetti a terra con il libro in mano e lo sguardo perso sul pavimento: avevo trovato la Pietra degli Dei!
La confusione che si era creata nella mia mente, unita all'agitazione del momento, mi avevano distolto per un attimo dalla realtà; stavo cercando risposte alle tante domande che come un fiume mi avevano travolto, quando squillò il telefono.
"Ehi, che fine hai fatto? È tutto il giorno che cerco di chiamarti, ma eri sempre irraggiungibile!" disse Elisabeth preoccupata.
"Hai ragione! Poi ti spiegherò per quale motivo…".
Non feci in tempo ad aggiungere altro che Ely mi interruppe dicendomi: "Be', me lo dirai domani perché mi hanno concesso finalmente la settimana di ferie che mi avevano sospeso, ricordi? È per quello che oggi ti chiamavo, per farti sapere che vengo a Milano per continuare la nostra ricerca!".
"Meglio, perché ho qualcosa da mostrarti, qualcosa d'importante, ma ora non posso anticiparti niente. Domani vengo a prenderti alla stazione, ho bisogno di condividere con te quello che ho appena scoperto" dichiarai.
La notte la trascorsi più agitata del solito, certo per la stanchezza della faticosa giornata a Bobbio, ma anche per la sconvolgente scoperta che avevo fatto; l'insieme contribuì a farmi comportare come un insonne. Alla fine mi buttai sul letto sfinito, cercai di non pensare a nulla e in un attimo mi addormentai; incubi di vario

genere mi accompagnarono fino al mattino, quando il suono della sveglia mise la parola fine alla sofferenza notturna.
Il treno sul quale viaggiava Elisabeth arrivò puntuale.
"Ciao, signorina, ben arrivata!" le dissi abbracciandola.
Lei contraccambiò il saluto con l'aggiunta di un bacio sulla guancia. Ero felice di vederla, mi era mancata tanto. Più passavano i giorni senza di lei e più stavo male. Pensai a quanto ero interessato a Elisabeth e a quanto soffrivo per lei. Quel suo bacio sulla guancia fu un toccasana per il mio cuore, anche se lei me lo aveva dato come a un fratello; non importava, mi era bastato!
"Allora? Che hai trovato d'importante da non dirmi nulla per telefono?" esclamò.
"Non qui, te lo mostrerò a casa... ti tengo sulle spine ancora un po'! Prima, visto che è mezzogiorno, andiamo a pranzare!" risposi mentre ci portavamo verso l'uscita della stazione.
Avevo prenotato in un ristorante sui Navigli dove sapevo che il cibo era ottimo e il servizio di prim'ordine: Elisabeth meritava il meglio e il mio budget me lo permetteva. Entrammo e, mentre aspettavamo che ci accompagnassero al tavolo a noi assegnato, sentii una voce che risultò familiare: "Ma guarda chi c'è! Il mondo è piccolo, vero?".
Mi voltai e vidi Roberta, la ragazza che avevo incontrato sul treno pochi giorni prima; era in compagnia di un uomo che mi presentò come collega di lavoro.
"Davvero piccolo, non avrei mai pensato di ritrovarti dopo soli tre giorni!" risposi presentandole a mia volta Elisabeth; Roberta rispose con un sorriso di cortesia.
"Ti ricordo che abbiamo un appuntamento per l'aperitivo" si affrettò a dire puntandomi l'indice in faccia come una spada.
"Certo che lo ricordo; ho tanti impegni in settimana, ma vedrò di gestirli al meglio!" risposi sperando nella sua comprensione.
"Ah no! Non si accettano scuse, Elisabeth permetterà un caffè con una collega!" dichiarò fissandola con aria di sfida.
"Assolutamente sì! Simone è libero di uscire con chi vuole, non sono la sua fidanzata!" intervenne Elisabeth.
Non lo era, ma avrei tanto voluto che lo fosse. E con la frase:

'Non sono la sua fidanzata' mi aveva distrutto il cuore; dimostrava che non mi considerava il probabile futuro uomo della sua vita, e questo mi rattristò. Dovevo iniziare a farmene una ragione.
Ci sedemmo ai rispettivi tavoli, per fortuna non vicini. Roberta era simpatica e spumeggiante, ma si era rivelata un po' troppo invadente per i miei gusti, forse perché non ero interessato a lei tanto da valutarne altri pregi.
"Con tutte le persone che potevo incontrare, proprio Roberta!" sbottai fissando Elisabeth.
"Perché? A me sembra socievole, di quelle persone che ti trascinano con la loro verve e non ti annoiano" esclamò.
"Già, ma in tre giorni vederla due volte mi sembra eccessivo".
"Forse è il segno del destino!" dichiarò Elisabeth sorridendo.
"Sia quel che sia, non mi interessa!" dissi.
"Ma dai, è una bella donna!" insistette.
"A me piace un'altra persona, punto e basta, ora non mi va di parlarne!" risposi seccato, al punto che fu proprio Elisabeth a pretendere che non se ne parlasse più.
Ripresa la padronanza della situazione e in attesa dell'arrivo di quanto ordinato, Elisabeth mi chiese: "Dopo mi porti da mia madre? Starò da lei tutto il tempo della mia permanenza".
"Vediamo, magari troviamo una sistemazione diversa, ho già una mezza idea!" dissi conoscendo quale progetto avevo in mente.
"Come vuoi" rispose perplessa.
Al termine del pranzo, fui ben contento di portare Elisabeth a casa mia per mostrarle la scoperta sconvolgente che avevo fatto il giorno prima.
Le misi il libro contenente le foto accanto alla pergamena che avevo trovato. Prima che lei guardasse, le raccontai tutto quello che mi era accaduto il giorno prima nei sotterranei di Bobbio, suscitando la sua ammirazione. Mi piaceva quando assumeva quell'espressione infantile di chi sta ascoltando un'avventura fantastica piena di mistero: aveva gli occhi pieni di luce.
Era giunto il momento. Mi sedetti accanto a lei e, come se stessi osservando le foto per la prima volta, venni nuovamente assalito dall'emozione.

"Aspetta un attimo, questa pietra l'ho già vista, ma non ricordo dove. È stupefacente come sia stata riprodotta nei minimi particolari da chi l'ha ricopiata" disse osservando la pergamena con la lente d'ingrandimento. Era come pietrificata, con la bocca aperta e lo sguardo fisso sul libro: "Ma... ma..." balbettò.
"È proprio ciò che aveva trasportato da Costantinopoli il nostro carissimo Vicedomini... è il famoso Disco di Festo!" esclamai emozionato.
"Ma come può essere? Vuoi dire che Gregorio X lo fece nascondere a Festo?" chiese Elisabeth.
"A quanto pare sì! Probabilmente diede l'ordine di trovare un luogo adeguato che nessuno avrebbe mai pensato di predare, considerando che nei secoli precedenti era già stato spogliato dei suoi preziosi. Ti racconto in un attimo la sua storia come la conosciamo noi, esperti archeologi. Il famoso Disco fu trovato da una spedizione italiana guidata dagli archeologi Halbherr e Pernier nel 1908 nel Palazzo Minoico di Festo, vicino a Creta. Ora ti svelerò cose un po' tecniche, ma serviranno a farti capire quanto questo Disco non c'entri nulla con la civiltà cretese e rappresenti un mistero per noi archeologi. L'antica scrittura cretese assomigliava ai geroglifici egizi, da questi derivavano due scritture: Lineare A e Lineare B, ma i segni del disco trovato a Festo non sembrano derivare o assomigliare vagamente a questi tipi di scrittura; come se si trattasse di un oggetto non appartenuto a quella civiltà. Di conseguenza, è stato catalogato come reperto dell'epoca minoica, ma con scrittura indecifrabile per mancanza di collegamenti con le lingue conosciute. Ci sono 241 simboli impressi sul Disco e ti dico che non sono stati incisi, ma stampati quando l'argilla era ancora soffice, 45 dei quali sono unici, mai ripetuti. Altro punto fondamentale: è stato scoperto nel seminterrato di una stanza dell'edificio appartenente a costruzioni del palazzo principale e più precisamente nella cella del 'magazzino del Tempio' sotterraneo. Queste celle erano accessibili solo dall'alto, per cui non erano soggette al passaggio di persone; era quindi il posto ideale per chi avesse voluto nasconderlo. Infatti, un elemento importante, che ora mi fa capire quanto velocemente volessero

sbarazzarsi del Disco, fu che quando lo scoprirono era nascosto sotto un sottile strato di terra nera e cenere mescolate con ossa bovine bruciate, come se qualcuno in tutta fretta l'avesse coperto con quel poco che gli permetteva di farlo. Insomma gli studiosi non attribuirono l'origine cretese del Disco, ma quello che più conferma la sua diversa provenienza è il fatto che, se noti bene, in questi singoli disegni

le figure umane, nei tratti e nell'abbigliamento, non sono minoiche; guarda attentamente: un uomo risulta pure tatuato sul viso! Così come la rappresentazione della nave differisce da tutti gli altri modelli che si trovano sia nei documenti cretesi che tra i geroglifici. Perciò, in analisi finale, si ipotizza che il lavoro non sia stato fatto a Creta. Tutto quadra ora, non trovi?".
"Accidenti! Pare che i tasselli del puzzle stiano andando al loro posto, ora che sappiamo ciò che è capitato prima della sua scoperta" disse Elisabeth stordita dalla rivelazione sconvolgente.
"Vero! È da quando l'ho scoperto che non sto più nella pelle, è una scoperta straordinaria: la Pietra degli Dei e il Disco di Festo sono la stessa cosa! Vorrei urlarlo al mondo intero, ma non posso, ora dobbiamo concentrarci per portare a termine il lavoro che ci hanno imposto!" dissi rassegnato.
"Ma ora che sappiamo cos'è, cosa facciamo?" chiese Elisabeth un po' preoccupata.
"Ho già pensato anche a questo e vorrei sentire la tua opinione!" risposi mentre con le mani in tasca guardavo fuori dalla finestra del salotto. All'improvviso mi voltai e le dissi fulmineo: "Dobbiamo rubarlo!".
"Cosa? Tu sei impazzito! Lo sai che vuol dire?" si affrettò ad esclamare staccandosi dal libro e dirigendosi verso di me nervosamente.
"Ely, so che cosa comporta una tale azione, ma ascolta il mio

piano e poi mi dirai cosa ne pensi!" risposi cercando di farla riflettere mentre mi guardava con gli occhi sgranati dall'agitazione. "Il Disco ora si trova nel museo di Heraklion a Creta e la fortuna vuole che il Direttore del museo sia un mio amico!".
"E tu, in nome della vostra amicizia, faresti una cosa del genere? Ruberesti un reperto nel museo che lui dirige, sapendo che lo metteresti nei guai?" chiese Elisabeth con tono severo.
"No, non voglio assolutamente fargli passare brutti momenti, ma dobbiamo mettere le mani su quella pietra per analizzarla, poi vedremo come potremo agire! Per questo ho bisogno di te, ho un piano che ti spiegherò strada facendo. L'aereo parte domani, ho già prenotato due posti!".
Elisabeth si mise alla finestra pensierosa, non sapevo se era arrabbiata con me o se stava riflettendo sul viaggio improvviso che l'obbligavo a fare; entrare nei suoi pensieri sarebbe stato impossibile. Guardava fuori con la fronte quasi appoggiata al vetro, lo sguardo fisso sul cortile interno in un punto non ben definito, come assente. Stette immobile per alcuni minuti; nella stanza si sentiva solo il ticchettio della lancetta dell'orologio a muro.
Il silenzio di Elisabeth mi stava preoccupando; mi sedetti sul divano in attesa che lei prendesse una decisione.
"Va bene, vengo!" disse alla fine girandosi verso di me e guardandomi fisso negli occhi.
"Bene, sono felice che tu abbia deciso di seguirmi, siamo già a buon punto e quando arriveremo alla conclusione voglio che anche tu sia presente!" dissi entusiasta.
"Vengo perché la cosa non riguarda solo te, ma anche mio padre! Non posso permettere che tu vada da solo quando anch'io sono coinvolta. Perdonami se prima ho avuto quella reazione, ma mi sento come chiusa in gabbia".
"Non sei l'unica a sentirti in trappola, ma ora che abbiamo iniziato un percorso dobbiamo anche portarlo a termine e ritengo di essere sulla strada giusta. Ora usciamo e andiamo a svagarci un po', ci farà solo bene; poi questa sera dormirai da me. Ho pensato di lasciarti la mia stanza, io dormirò in salotto. Affare fatto?" le proposi.
"Affare fatto, qui mi sento più tranquilla!" rispose sfoderando quel

sorriso che ultimamente mi faceva battere il cuore.
"Sapere che qui ti senti al sicuro mi fa piacere e mi fa sentire importante!" dichiarai.
"Importante come se tu fossi il mio fratello maggiore!" aggiunse.
Una sciabolata sul petto avrebbe fatto meno danni! In quel momento sentire che mi eleggeva a fratello maggiore mi gratificava, ma contemporaneamente distruggeva il mio castello di carte di cuori. Nessuna speranza di essere considerato qualcosa di più; stavo male, dovevo distrarmi e non farle capire il mio malessere.
"Grazie per la considerazione! Allora, usciamo? Un buon caffè in piazza Duomo è quello che ci serve!" proposi facendo buon viso a cattivo gioco.
La sera arrivò in un istante; stare insieme ad Elisabeth era piacevole e per un po' scordammo i problemi dell'ultimo periodo, che ci stavano distruggendo emotivamente.

IX

Il mattino seguente la sveglia suonò all'ora stabilita e come sempre fui subito in piedi. Appena pronto, andai in cucina a preparare la colazione; che bello sapere che quella mattina non sarei stato solo! Infatti, di lì a poco si presentò Elisabeth che, con il suo buongiorno, fece partire la mia giornata sotto i migliori auspici.
"Buongiorno a te, dormito bene?" risposi felice di vederla.
"Sarà stata la stanchezza o il tuo letto comodo, ma ho dormito benissimo, grazie! Sei stato cortese a cedermelo" disse.
"Non ti preoccupare… colazione pronta!" esclamai versando il cappuccio nelle tazze.
"Sei un uomo pieno di risorse: gentile, generoso e altruista; come mai non sei ancora sposato?" chiese a bruciapelo.
"Be'… evidentemente non ho ancora trovato chi apprezza tutte queste virtù!" risposi ridendo, ma messo in imbarazzo dalla domanda che non mi aspettavo. "Pensiamo ora a programmare la nostra permanenza a Heraklion!" dissi in fretta per evitare che capisse la verità.

Preparate le valigie, ci facemmo portare con la navetta fino all'aeroporto, dove ci attendeva l'aereo che ci avrebbe permesso di raggiungere Roma e da qui proseguire per Heraklion dove si trova il museo. A Roma ci dirigemmo ai voli internazionali e qui, come in preda ad una ossessione, mi sembrò di vedere nella moltitudine qualcuno che conoscevo.

"No! Spero non sia lei..." dissi all'improvviso guardando le persone che mi precedevano.

"Lei chi?" esclamò Elisabeth.

"Roberta, là in fondo... guarda!".

"Non la vedo, ne sei sicuro?" disse osservando in ogni direzione.

Non ne ero certo, forse era solo una persona che le assomigliava, ma la situazione iniziava a crearmi un certo disagio e probabilmente la paura di incontrarla mi aveva fatto questo scherzo.

"Allora ho ragione quando dico che è un segno del destino, la vedi pure quando non c'è!" disse Elisabeth ridendo.

"Spero che il destino non si avveri!".

"A me sembra una donna tranquilla oltre che affascinante, non vedo perché tu debba preoccuparti all'idea di incontrarla!" affermò Elisabeth.

"Perché ti ho già detto che non mi interessa, ma tu non mi ascolti!" risposi un po' seccato.

Ciò detto, ci sedemmo in attesa dell'imbarco sul volo che finalmente ci avrebbe portati a Creta.

Il viaggio non durò tanto, ma arrivammo ad Heraklion in serata, troppo tardi per recarci subito al museo. Dall'aeroporto prendemmo un taxi per raggiungere l'hotel che avevo prenotato; era lontano pochi chilometri e si trovava proprio davanti al vecchio porto veneziano, soprattutto era a trecento metri dal museo archeologico.

La città era bellissima: gli stili architettonici orientali si confondevano con quelli italiani, a testimonianza del susseguirsi dei domini nelle epoche passate. Il moderno hotel ci assicurava ogni comfort e tranquillità, l'aria della sera era fresca, ma di giorno si poteva ancora godere di giornate calde, nonostante la stagione non più estiva. Sarebbe stata una vacanza ideale in un

luogo spettacolare, se non fosse stato che noi eravamo là per ben altri motivi.
Trascorremmo la serata a programmare il nostro piano; nella hall dell'hotel trovammo del materiale pubblicitario che faceva al caso nostro. Preso il depliant che illustrava il museo archeologico, lo osservammo per capire come fosse strutturato, così una volta entrati ci saremmo recati subito nella stanza dove era posizionato il Disco di Festo.
Il mattino seguente ci trovammo come due turisti, coi nostri zaini al seguito, all'ingresso del museo. Eravamo impazienti e nervosi, ma dovevamo mantenere la calma e la concentrazione se volevamo ottenere ottimi risultati.
Nel museo le sale erano ricche di reperti ognuno dei quali avrebbe meritato una visione più approfondita, ma il tempo non era nostro amico, per cui andammo direttamente nella Sala 3 dove si trovava il disco che ci serviva.
Questo era all'interno, in una teca di vetro al centro della stanza e lo si poteva ammirare da ogni lato per come era stato fissato al ferro ottonato che lo reggeva. Era meraviglioso, e sapere che rappresentava qualcosa di più di quello che era scritto sulla targhetta che lo descriveva faceva rabbrividire ed emozionare. Lo guardammo con attenzione, riconoscendo i simboli che avevamo visto sulla pergamena trovata nei sotterranei di Bobbio; ci risultava difficile pensare che una pietra così apparentemente insignificante potesse avere una storia così importante. Sapere che questa rappresentava la Civiltà scomparsa di Atlantide, già descritta da Platone quattrocento anni prima di Cristo, lasciava senza fiato.
Eravamo fermi davanti alla teca a contemplare il suo contenuto, come due scolaretti che si trovano davanti a qualcosa che ha attirato la loro attenzione, quando una voce conosciuta mi fece voltare di scatto.
"Ma guarda chi si rivede dopo tanti anni!".
"Andrèas! Amico mio, fatti abbracciare!" esclamai felice.
"Che cosa fai qui? Sei finalmente venuto a trovarmi?" disse Andrèas con un forte accento del luogo.

"Passavo di qui e ho colto l'occasione, ti avevo promesso che un giorno sarei venuto!" dissi cercando di sembrare più sincero possibile.
"Non sai che piacere mi hai fatto!" dichiarò l'amico.
Andrèas Sotìris era il tipico uomo mediterraneo per temperamento e fisicità. L'avevo conosciuto durante degli scavi archeologici in Sicilia dove il nostro gruppo era stato impegnato per parecchio tempo: ecco il motivo per cui conosceva bene l'italiano. Mi aveva fatto piacere sapere che sarebbe diventato Direttore di un museo così prestigioso; infatti aveva lasciato il campo-scavi per ritornare nel suo Paese d'origine e da allora ci eravamo sentiti raramente.
Dopo le presentazioni, gli dissi il motivo per cui ci trovavamo in Grecia: "Non ci fermiamo molto qui a Heraklion, stiamo partecipando ad uno di quei viaggi organizzati che ti costringono a spostamenti continui ogni giorno, ma avrei una richiesta da farti in nome della nostra amicizia..." dissi scoprendomi ancora una volta bugiardo.
"Dimmi pure, Simone, lo sai che per te sono sempre disponibile!" dichiarò.
"Sì, lo so e mi permetto di approfittarne! Daresti la possibilità a due semplici studiosi come noi di poter toccare con mano un reperto così importante?" e indicai il Disco di Festo; poi aggiunsi rapidamente: "Non capita tutti i giorni di poter valutare da vicino un oggetto di tanto valore e significato!".
"Uhm... mi stai chiedendo un favore particolare" affermò Andrèas sistemandosi il nodo della cravatta. "Devi sapere che le teche non vengono mai aperte, se non in occasioni di controlli e restauri che devono essere attuati con procedure particolari. Ma, trattandosi di te e del fatto che una pietra non si deteriora con l'aria, ti concedo questo onore in nome della nostra vecchia amicizia! So che cosa può provare un archeologo davanti a un reperto simile senza poterlo toccare, ma ti chiedo anch'io un favore: dovresti ritornare dopo l'orario di chiusura al pubblico. Le procedure del sistema di sicurezza non permettono in alcun modo di aprire la teca con i visitatori all'interno del museo, anche perché dovrò disattivare gli allarmi per pochi minuti".

"Siamo disposti ad aspettare! Oggi sosteremo in questa città meravigliosa per cui non abbiamo problemi a ritornare più tardi" dissi mostrando tutta la calma di cui ero capace. "Bene, Andrèas, allora verremo più tardi, non sai che piacere mi stai facendo!" aggiunsi entusiasta.
"Vi aspetterò all'ingresso, così vi farò passare davanti al personale della sicurezza senza problemi" rispose Andrèas.
Lasciammo il museo e quando fummo in strada Elisabeth si girò verso di me e disse: "Ora che facciamo? Ho paura…".
"Anch'io non sono tranquillo, anche perché se commettiamo un errore per noi è finita… in tutti i sensi!" risposi preoccupato.
Iniziammo a camminare lentamente nella via cercando di trovare una soluzione adeguata, soprattutto efficace e non pericolosa.
"Sai che facciamo?" dissi improvvisamente, "andiamo a fare una bella passeggiata per Heraklion e poi ci faremo venire qualche idea prima delle cinque di oggi pomeriggio. Ora sgombriamo la mente, altrimenti rischiamo di impazzire!".
"Penso sia un'ottima idea, anche se non riesco ad immaginare cosa potremo combinare tu ed io con quel disco che si trova dentro la teca" dichiarò Elisabeth.
Era una bellissima giornata: il cielo era azzurro intenso e senza nubi e l'aria leggera, l'ideale per passeggiare fra le vie della città e svagarsi come normali turisti. Decidemmo di scendere per la via principale e arrivare fino al porto. Ovunque i segni della Serenissima ci facevano sentire come a casa nostra e sottolineavano la dominazione veneta durata ben quattro secoli.
Dopo qualche ora trascorsa da normali persone in vacanza, giunse il momento di ritornare a pensare al nostro obbiettivo.
"Allora… qualche idea?" chiese Elisabeth.
"Ad essere sincero, no!" risposi appoggiando lo zaino a terra e sedendomi su una panchina.
Non disponevamo di tanto tempo e non avevamo ancora trovato l'idea giusta per riuscire a portare con noi il Disco. Dovevo farmi venire l'ispirazione al più presto, non volevo mettere nei guai Andrèas; era un caro amico e non meritava un'azione simile da parte mia.

Mentre Elisabeth guardava bracciali forgiati sulla falsariga di quelli antichi, di grande impatto visivo, io misi gli occhi su un altro manufatto che mi illuminò la mente in un istante.
“Guarda un po’ che bell’oggetto! Dimmi, cosa ti fa venire in mente?” domandai all’improvviso indicando a Elisabeth qualcosa di interessante in un negozietto caratteristico.
“Uhm… direi che è identico!” rispose prendendo e controllando un’imitazione perfetta del Disco di Festo.
“Già, non trovi? L’ho osservato attentamente e anche le proporzioni sono uguali, sembra stampato dall’originale! È stato costruito abilmente… da mani esperte” affermai pensieroso rigirandolo tra le mani.
“Se lo credi simile a quello vero, possiamo comprarlo e portarcelo a casa per capire meglio le iscrizioni!”.
“No, ho in mente qualcosa di diverso, prova a indovinare!” le dissi con un sorriso sornione.
“Di diverso? Non vedo cosa potremmo fare con un oggetto del genere se non analizzarlo con calma a casa tua; così non metteresti nei guai Andrèas con la tua idea folle di rubare l’originale!”.
“Infatti, noi prenderemo l’originale sostituendolo con questa meravigliosa copia che è uguale in tutto e per tutto! Che idea fantastica, vero?” dissi convinto della realizzazione del piano in tutta sicurezza.
Elisabeth immobile mi guardava e sicuramente stava già pensando alle conseguenze del nostro gesto che non tardò a definire da incoscienti.
“Ma ti rendi conto che se ci scoprono passiamo il resto della nostra vita in prigione? E ti assicuro che qui in Grecia non scherzano su questo tipo di furto. Ho saputo di persone che hanno passato anni in carcere per aver preso come ‘ricordo’ dei sassi dal Partenone; figuriamoci se prendono noi col Disco di Festo… buttano via la chiave, credimi!” precisò Elisabeth cercando di farmi cambiare il piano che avevo in mente.
“Ma noi siamo furbi e intelligenti: non rubiamo, sostituiamo! Guarda bene quest’oggetto, è praticamente uguale a quello che ora si trova nel museo, chi se ne accorgerà se ne mettiamo un

altro simile? Credimi, ingannerebbe anche un esperto!" insistetti.
"Da quando è iniziata tutta questa storia mi stai facendo vivere sull'orlo del precipizio e al limite della legalità. Ora, se mettiamo in atto questo piano, la legalità la superiamo ampiamente... e ho paura davvero! Ti ripeto: perché non possiamo comprare questo disco di terracotta che, come asserisci, è identico, invece di rubare quello vero?" " disse Elisabeth impaurita dalle conseguenze.
"Perché ho intenzione di recarmi con la Pietra degli Dei nel Palazzo Imperiale a Troia! Ti ricordi quello che ha scritto Dardano? Non mi permetterei mai di trascinarti nel pericolo, ma sono sicuro che nessuno se ne accorgerà; neanche Andrèas dubiterà, credimi! Dobbiamo solo fare attenzione a non farci scoprire, mentre scambiamo gli oggetti" dissi.
"Hai detto nel Palazzo Imperiale? Ma se sono rimaste solo pietre appartenenti ad una città di cui non si è neppure sicuri si tratti di Troia!" esclamò Elisabeth.
"Non temere, vedrai che ce la faremo!" le dissi fiducioso.
"Speriamo bene, altrimenti sono guai seri!" replicò rassegnata.
Acquistato il falso Disco di Festo, ci avviammo verso il museo; ormai era quasi giunta l'ora dell'appuntamento con Andrèas.
Passavano i minuti e anch'io iniziavo a percepire un certo nervosismo; se qualcosa fosse andato storto avremmo passato brutti momenti. Non volevo pensarci, dovevo solo concentrarmi su quello che durante il tragitto avevamo concordato. Il nostro piano per sostituire il disco di terracotta stava per iniziare.
Arrivammo nella Plateia Eleftherias, la piazza con l'ingresso al museo gremita di turisti di ogni nazionalità, il che mi fece subito pensare a quanto importante fosse nel mondo questa isola del Mediterraneo. Ci sedemmo ad uno dei numerosi tavolini che invadevano la piazza e, nervosamente, aspettammo di vedere uscire Andrèas.
Ormai gli ultimi turisti stavano uscendo e, alle loro spalle, ecco presentarsi colui che, ignaro, avrebbe permesso lo scambio.
Ci avvicinammo sfoderando i nostri migliori sorrisi per camuffare l'agitazione. Elisabeth sembrava calma, in realtà mi aveva confidato pochi istanti prima che le mancava l'aria e accusava i sintomi dello

svenimento dovuti all'ansia. Io avevo incrociato le dita e ostentavo sicurezza, quasi a voler dimostrare a Elisabeth che bisognava mantenersi tranquilli.
"Amici, venite! Le guardie sono già state messe al corrente della vostra presenza all'interno del museo" disse Andrèas accompagnandoci all'interno.
"Grazie ancora, Andrèas, non sai che piacere mi stai facendo dandomi la possibilità di toccare con mano un reperto che da sempre mi affascina!" dichiarai.
"Simone, sono io che ringrazio te, perché finalmente sei riuscito a trovare il tempo per venire a salutarmi! E per festeggiare questa bella sorpresa vorrei che accettaste l'invito a cena, mi farebbe piacere!" disse all'improvviso.
Non era previsto, ma la cordialità e disponibilità di Andrèas erano tali da non poter rifiutare; avremmo dovuto mantenere la calma anche per la cena e rimandare il momento in cui Ely ed io ci saremmo ritrovati soli in albergo, più tranquilli e rilassati.
"Saremo felici di cenare insieme a te, vero, Elisabeth?" esclamai guardandola mentre faceva un cenno affermativo con la testa.
Presi fiato come se avessi dovuto incamerare più aria possibile nei polmoni prima di un'immersione ed entrai nel museo insieme ai miei amici. Attraversate le prime due sale, ci recammo in quella successiva dove c'era la teca con il disco prezioso. Qui Andrèas ci fece attendere vicino al vetro, mentre si recava nella centralina comandi degli allarmi e telecamere a circuito chiuso per disattivare i congegni. Nella sala rimanevano però le guardie che avrebbero controllato i nostri movimenti e purtroppo anche il personale di servizio per le pulizie di prammatica ogni giorno dopo la chiusura del museo: troppa gente.
'Maledizione' pensai, questa non ci voleva proprio, non era stata calcolata l'eventualità che si stava delineando; dovevo pensare in fretta e sperare che Elisabeth seguisse le mie mosse afferrando subito quello che volevo fare. Ora non potevamo assolutamente parlare fra di noi per poter decidere come agire.
"Bene, Simone, ho disattivato il sistema di allarme, pure le telecamere non funzionano, ma posso contare sulle guardie per

la sicurezza. Non offenderti, non è per mancanza di fiducia nei tuoi confronti, ma la verità è che in questo momento nel museo si trovano ben sei persone addette ai lavori di pulizia e non vorrei che qualcuno fosse tentato da questi reperti di inestimabile valore!" disse Andrèas.
"Hai ragione! Le tentazioni sono dietro l'angolo, non si sa mai!".
"Ora apriamo il vetro della teca e poi ci accomodiamo nel mio studio, così staremo più tranquilli" propose Andrèas.
La fortuna ci assisteva. Elisabeth seguiva ogni mossa e mi guardava sempre negli occhi in attesa di un cenno che l'aiutasse ad inserirsi nel momento più opportuno per scambiare l'oggetto con quello che teneva nella sua capiente borsa. Era lei che doveva effettuare lo scambio, ma con Andrèas sempre vicino sarebbe risultato pressoché impossibile; il piano era quello di distrarre Andrèas, mentre Ely sostituiva il disco!
Andrèas afferrò il disco con le mani coperte da guanti bianchi e lo portò nel suo ufficio. I miei nervi tremavano: era arrivato il momento di agire in qualche modo, altrimenti avremmo fallito.
Attraversate le due sale attigue, entrammo nel suo studio. Andrèas appoggiò il disco delicatamente sulla scrivania dove era steso un panno morbido e, facendoci accomodare con una luce radiosa negli occhi, disse: "Eccolo… tutto per voi!".
"Che meraviglia! Sto toccando un oggetto che ha più di tremilacinquecento anni; è sempre una grande emozione per me vivere la Storia in questo modo!" esclamai convinto delle mie parole.
"Tremilasettecento anni per l'esattezza, visto che il Disco di Festo ha una datazione risalente a millesettecento anni prima di Cristo! Un vero mistero per tutti gli studiosi, ma tu sai già tutta la storia, quindi ti lascio alla pura contemplazione; intanto devo espletare alcune pratiche amministrative, per cui fate come se io non fossi presente!" disse Andrèas aprendo un cassetto dal quale prese alcune cartelle.
Accidenti, non stava andando assolutamente come previsto. Ero stato troppo superficiale e sciocco nel pensare che Andrèas mi avrebbe lasciato solo col reperto, in modo che scambiarlo sarebbe

stato di una facilità estrema. Ora mi ritrovavo col disco fra le mani e il mio amico nella stanza che controllava registri e cartelle.
Guardavo Elisabeth cercando di capire se avesse qualche idea in mente e, mentre mi ricambiava uno sguardo atterrito, si avvicinò ad Andrèas e gli chiese: "Scusi, Andrèas, mi sa indicare dov'è la toilette? L'emozione mi sta giocando un brutto scherzo!".
Elisabeth, da persona intelligente qual era, aveva in mente il piano di riserva e stava per attuarlo.
"Deve andare a sinistra, in fondo alla sala cinque, lì vedrà l'indicazione" rispose cortesemente Andrèas.
In quel momento, Elisabeth mi lanciò un'occhiata che colsi al volo e mi preparai.
"Lascio qui la mia borsa in modo che non pensi a cattive intenzioni!" si affrettò a dire sorridendo, mentre appoggiava la borsa sul tavolo dove ero seduto io. "Mi perdoni, dove ha detto che devo dirigermi? Non voglio sbagliare strada... ho una certa urgenza!" disse Elisabeth mostrando imbarazzo nel momento in cui varcò la soglia.
Andrèas si diresse verso di lei per darle le dovute indicazioni, restando appena fuori dalla stanza, ma con la porta aperta; una breve distrazione, che però bastava per scambiare il disco con quello che Elisabeth teneva nella borsa che aveva lasciato davanti a me. Fui di una rapidità da guinness dei primati: in pochi secondi avevo abilmente scambiato il disco originale con quello falso.
Il mio cuore batteva a mille, ma feci un profondo respiro e mi sistemai i capelli all'indietro: ce l'avevo fatta!
"Andrèas, non ti sei mai fatto un'idea personale su questo disco?" domandai mentre questi rientrava nella stanza.
"Certamente! Ogni volta che passo nella sala e lo guardo, penso che doveva trattarsi di una specie di gioco per bambini, sai di quelli che fai con i dadi e se sbagli ritorni alla casella iniziale! Non l'hanno ancora decifrato perché è pieno di disegni che, se noti, sono molto infantili!" rispose Andrèas.
Se solo avesse saputo di cosa si trattava, avrebbe avuto più rispetto, ma in fondo era meglio così: nessuno doveva sapere il vero significato della Pietra degli Dei!

"Vedi? Guarda attentamente questi disegni: non trovi che i fiori e questo, che dicono rappresenti uno scudo, siano banali?" disse prendendo il disco per indicarmi i segni.

"E concordi anche tu che, osservandolo nell'insieme, non trasmetta nulla che possa ricondurti a qualche civiltà del Mediterraneo?" aggiunse prendendo in mano il disco.
Stavo sudando. Se solo si fosse accorto che quello che teneva fra le mani non era quello originale, in meno di un minuto sarei stato arrestato ed Elisabeth sarebbe stata accusata di complicità. Il lavoro svolto dal produttore della copia era di quelli ad alta precisione dei dettagli tanto che, come avevo detto ad Elisabeth, avrebbe ingannato anche un esperto. In questo momento dovevo solo sperare che Andrèas non notasse nulla. E così fu, per la gioia del mio cuore e per la mia reputazione.
Elisabeth tornò guardandomi con l'aria di chi non sa se ce l'avevo fatta, ma quando le sorrisi capì immediatamente che lo scambio era riuscito alla perfezione e sollevata disse: "Allora, hai toccato con mano quello che volevi? Adesso è il mio turno di ammirare da vicino questo reperto, poi non ruberemo altro tempo ad Andrèas che è stato così gentile e ci ritroveremo stasera!".
"Non ti preoccupare, Elisabeth, ora lo lasciamo tranquillo, prima però voglio posizionare io stesso il disco all'interno della teca, se Andrèas me lo permette, ovviamente!".
"Ma certamente! Venite, vi accompagno; a te l'onore di riporlo al suo posto nella Storia!" mi disse Andrèas porgendomi il falso Disco di Festo.
In quell'istante era come se stessi mettendo la parola fine ad un'azione ad alto rischio: ero felice e sollevato. Lo sistemai nella stessa posizione in cui si trovava prima di essere tolto

dall'espositore e, controllando che tutto fosse come doveva essere, chiudemmo la teca e si ripristinò l'allarme. Ora potevamo uscire tranquilli: la missione era compiuta!

X

Ci congedammo da Andrèas che ricordò ad entrambi l'appuntamento per l'ora di cena. Appena usciti dal museo Elisabeth curiosa si informò sulla parte che si era persa durante la sua assenza: "Spiega! Che cosa è successo appena sono andata alla toilette? Sei riuscito a cambiare il disco, vero?" chiese ansiosa.
"Hai dei dubbi? Certo che ho cambiato il disco, mi hai offerto una possibilità che non potevo che cogliere al volo, sei stata grande!" risposi elettrizzato.
"Vuoi dire che nella mia borsa si trova un reperto di tremilasettecento anni fa? Potrei star male!".
"Ora non è il momento! Andiamo in albergo, abbiamo circa un'ora e quindi dobbiamo essere veloci!" esclamai guardando l'orologio.
Quando bussò alla mia porta, mezz'ora prima dell'appuntamento con Andrèas, mi trovai davanti una Elisabeth bellissima. Mentre la facevo entrare in camera, potei notare quanto fosse incantevole: indossava un abito intero che le lasciava le spalle scoperte e le metteva in risalto le curve e le belle gambe. Il blu petrolio del vestito stava d'incanto con il colore dei capelli che teneva raccolti e le scarpe da sera col tacco completavano l'opera d'arte.
"Anche tu sei elegante, hai fascino!" disse in risposta ai miei complimenti.
L'ultima parola mi entrò dritta nel cuore; poteva essere che mi vedesse con occhi diversi? Era un passo avanti.
"Controlliamo quello per cui abbiamo rischiato la galera!" disse Elisabeth immediatamente.
"Eccolo! Hai avuto un'idea geniale, quando hai chiesto della toilette; in quel preciso istante in cui Andrèas ti ha accompagnata alla porta per indicarti la strada, io ho effettuato lo scambio; un

gioco da ragazzi, ma con l'adrenalina alle stelle!" spiegai.
"Quello che importa è che ci sei riuscito!" disse Elisabeth prendendo tra le mani il disco.
Dopo averlo osservato attentamente, mentre io controllavo l'espressione del volto, mi guardò e disse: "A te cosa sembra questo? Sarà, ma se è veramente quello che ha spiegato Dardano, risulta difficile da credere appena lo guardi da vicino!".
"Vero, ma certamente avrà il suo scopo! È per quello che voglio andare negli scavi di Troia, sicuramente "nel Palazzo Imperiale è la chiave della conoscenza" come ha scritto Dardano" precisai guardando attentamente il disco che Elisabeth mi aveva reso.
Mi colpirono subito alcuni simboli che mi portarono a formulare domande e ipotesi.
"Guarda un po' qui, non ti sembrano strani questi simboli? Osservali attentamente!" dissi a Elisabeth facendola avvicinare per permetterle di osservare meglio.
Il disco si presentava con un diametro di circa sedici centimetri e con i simboli disposti in modo da formare una spirale sia da un lato che dall'altro.

Ma ciò che attirò la mia attenzione fu una piramide capovolta al cui interno erano tanti puntini e subito dopo una specie di pagoda che lasciava sconcertati per la conoscenza di una così raffinata struttura architettonica a quell'epoca e in quella zona del mondo; un'altra immagine sembrava una torcia o comunque un oggetto apparentemente legato all'elettricità; infine, e ciò mi lasciava esterrefatto, un disegno che pareva essere un'astronave!

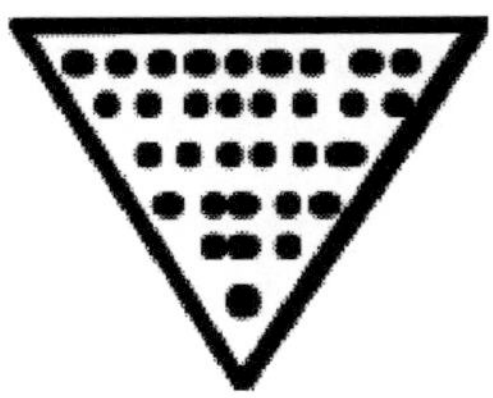
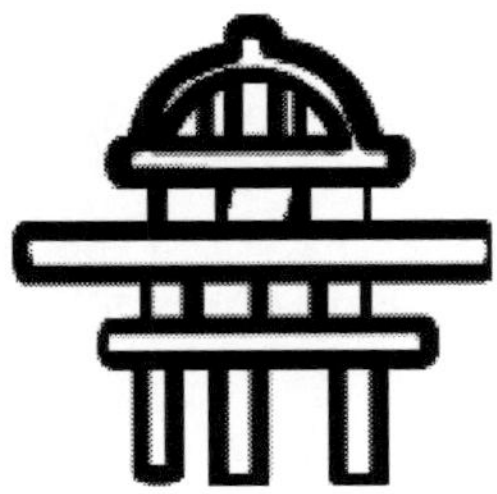

Feci notare a Elisabeth questo particolare e anche lei rimase disorientata quanto me; quel Disco ci stava dicendo qualcosa che noi non capivamo, che non rientrava nelle nostre conoscenze.
La serata proseguì in un raffinato ristorante della città, con Andrèas felice di ricordare i bei tempi passati; era già la seconda volta in poche settimane che uscivo con Elisabeth e un amico che non vedevo da anni. Per tutto il tempo della cena cercammo di mantenere la calma, come se fossimo davvero due turisti che partecipavano ad un tour organizzato e che, incontrato l'amico, si erano lasciati andare a ricordi divertenti. In effetti, scordato per un attimo il furto del pomeriggio, tutto era più leggero, quasi piacevole.
La sera trascorsa insieme ormai volgeva al termine, ero stanco e volevo riposare in previsione del viaggio che il giorno dopo avremmo dovuto affrontare. Salutammo e ringraziammo Andrèas al quale promisi che l'avrei chiamato presto, l'importante era vederlo sereno e per nulla dubbioso sull'autenticità del Disco di Festo che avevo scambiato.
Il mattino seguente eravamo pronti per il viaggio che ci avrebbe portato a Canakkale in Turchia. Il disco originale l'avevamo impacchettato nuovamente nella carta regalo del negoziante di Heraklion, così che sembrava veramente un oggetto comprato come souvenir e non destava sospetti.
Stavamo vivendo questa avventura in cui il tempo passava ad una velocità estrema: in un attimo veniva sera e già pensavamo a quello che avremmo fatto il giorno seguente. Avevamo dimenticato le abitudini che scandivano le nostre giornate in Italia; la monotonia della vita che ci eravamo imposti nel nostro Paese, per volere o comodità, era un lontano ricordo; eppure non era passato tanto tempo da quella chiacchierata nello studio di Thomas. Già, il mio amico Thomas; ormai da tempo non si sapeva più nulla di lui; sicuramente prima terminavamo questa missione e prima avremmo dato la possibilità al padre di Elisabeth di ritornare a casa.
Il mattino arrivò presto e noi eravamo pronti a partire per la Turchia. Contrariamente al sole caldo di queste località, ci accolse

una giornata piovosa che ricordava tanto Milano col suo cielo plumbeo.
Canakkale si trova sullo stretto dei Dardanelli ed è molto vicina agli scavi della più antica Troia; da qui non avremmo avuto difficoltà a raggiungere la meta più conosciuta nel mondo, che nascondeva un importante segreto ancora da scoprire.
Il viaggio, seppur breve, non ci permise di raggiungere Canakkale in mattinata a causa di tappe forzate per imposizioni burocratiche. Finalmente arrivammo a destinazione e notammo subito quanto il luogo fosse ricco di contraddizioni: la differenza tra benessere e povertà infondeva un profondo senso di angoscia che, associata alle condizioni atmosferiche, rendeva la città ancora più triste.
Ci facemmo portare in albergo da un taxi, costeggiando il fiume che sfocia nel mare poche decine di metri più avanti; qui si trova l'enorme cavallo di legno utilizzato nel famoso film "Troy" che, dovendo assomigliare a quello originale, è stato costruito con un effetto anticato di notevole impatto visivo che colpì Elisabeth.
Era rapita da questa città sullo stretto che separa l'Europa dall'Asia e dove Sultan Mehmet II fece costruire a metà del Quattrocento una fortezza su ogni riva per controllare il passaggio delle navi; oggi fortunatamente queste possenti costruzioni servono solo come attrazione turistica. A noi però interessava un altro sito poco distante da dove ci trovavamo: quello archeologico di Troia. Lì avremmo finalmente scoperto quello per cui era iniziato tutto questo immane lavoro di ricerca, partendo da una missiva di papa Gregorio X.
Il gioco, se così si poteva chiamare, si stava facendo interessante. Venire a conoscenza di un segreto, ritenuto così importante e pericoloso al punto da doverlo nascondere agli occhi del mondo, mi elettrizzava ed impauriva allo stesso tempo. Ero convinto che, sotto il Palazzo Imperiale, Dardano avesse messo a disposizione dell'Umanità ciò che riteneva necessario per illuminare le menti delle generazioni future, qualora fossero state pronte per ricevere una tale rivelazione.
Se noi oggi eravamo i prescelti non lo sapevo, non sembravamo una Civiltà pronta ad accogliere eventuali dichiarazioni sconvolgenti,

ma ancora molto chiusa e impegnata in guerre in varie parti del mondo; noi custodi della Terra eravamo così ciechi da non capire che costituivamo invece l'insieme di una unica razza. Immerso nei miei pensieri, cercavo di immaginare, se un giorno si fosse appreso con certezza che nell'Universo non eravamo i soli abitanti, a come ci saremmo comportati con una forma di vita aliena; sicuramente le ostilità fra noi terrestri sarebbero cessate per buttarci in altre più complicate con Esseri non appartenenti alla nostra specie.
La cosa mi preoccupava: non eravamo certo preparati, le nostre menti non erano ancora così aperte e i nostri cuori così liberi da poter accettare il 'diverso'. Erano passati secoli da quando Gregorio X riteneva 'l'Umanità non pronta' per una rivelazione così sconvolgente, ma più riflettevo e più realizzavo che neanche la società odierna si era evoluta a tal punto da poterla dichiarare all'altezza.
Ero immerso in questi pensieri, quando l'autista si fermò davanti all'hotel prescelto e, dopo aver preso possesso delle nostre stanze e senza perdere tempo prezioso, noleggiammo un'auto per poterci muovere liberamente. Dovevamo recarci immediatamente nel sito archeologico dove si trovavano i resti di Troia; eravamo elettrizzati all'idea che in quel luogo fossero custoditi segreti che andavano oltre la nostra comprensione ed era nostra intenzione scoprirli presto.
Giunti sul posto, trovammo all'ingresso degli scavi un dipendente dell'area archeologica che ci informò che il sito stava per chiudere e non era più consentita la visita. Era ancora pomeriggio, ma l'orario d'accesso al pubblico ormai era quello invernale e non sarebbe stato l'ideale cercare l'ingresso del Palazzo Imperiale all'imbrunire; pertanto, dopo aver preso alcune cartine del sito per studiarle bene in hotel, ritornammo in città un po' delusi.
"Sono già stato per motivi di studio in quest'area, ma non ho mai considerato l'ipotesi di scoprire un passaggio che portasse nei sotterranei del Palazzo Imperiale, anche perché il mondo dell'archeologia non ha mai considerato la possibilità di una tale esistenza" dichiarai.
"Ma gli scavi, se non sbaglio, sono stati fatti seguendo determinate

regole per cui, sapendo dei vari livelli su cui era stata costruita la città, dovevano immaginare che sotto il palazzo principale poteva trovarsi qualcosa di interessante!" disse Elisabeth.
"E invece no! Per il semplice motivo che quando il signor Schliemann scoprì Troia, effettuando scavi oserei dire al di fuori di ogni regola archeologica, sia lui che i suoi successori si limitarono a portare alla luce più elementi possibili in una determinata e circoscritta zona, non approfondendo la ricerca in quella parte che era già stata portata alla luce" affermai.
"Ma è grazie a lui se conosciamo questi resti importanti per la storia!" disse Elisabeth.
"Sicuramente è grazie alla sua costanza e al suo impegno, non per la sua professionalità!" replicai.
"Devo dedurre che non lo ritieni all'altezza della situazione?".
"Proprio così! Per tutti quest'uomo è conosciuto come il famoso archeologo che scoprì la perduta città di Troia, in realtà era un ricco commerciante con la passione per le civiltà antiche. Affascinato fin da ragazzo dall'antico poema di Omero, non smise mai di sperare che un giorno avrebbe potuto realizzare il suo sogno di ritrovare l'antica città di Troia; in seguito, quando si arricchì, iniziò a concretizzare quella che era la sua passione di sempre!" spiegai.
"Infatti la ritrovò, quindi non pensi che meriti qualche elogio?" disse Elisabeth abbracciando la causa di Schliemann.
"Certamente a lui il merito per aver avuto costanza ed essere riuscito dove altri avevano fallito, ma i metodi usati non erano quelli propri dell'archeologo! Come ti stavo dicendo, la sua spedizione commise gravi errori, eseguendo gli scavi, per cui ci furono demolizioni di costruzioni e mura che avrebbero permesso di ottenere maggiori informazioni. Scoprì che la città era stata ricostruita in epoche diverse, sempre sulle macerie di quella preesistente; per cui si trovò dinnanzi ben nove strati, catalogati in seguito in periodi databili dal Tremila a. C. all'Età Romana. Questa fu la vera scoperta di Schliemann! Se avesse seguito le regole tipiche dello studioso, si sarebbe fermato al primo livello in superficie, non fornendo così la possibilità di

scoprire lo strato più importante, ossia il secondo, con la presenza di mura caratterizzate da porte enormi e dal *megaron,* il Palazzo Reale. Questi recavano i segni di distruzione da incendio, così supposero potessero essere i resti della città di Priamo rasa al suolo dagli Achei".

Elisabeth ascoltava attenta seduta sul letto della mia camera e alla fine del mio discorso disse: "Davvero interessante! Spero tanto che la città cantata da Omero, e sotto cui Dardano nascose il suo segreto, sia proprio quella scoperta da Schliemann. Non vorrei passare il resto dei miei anni scavando in luoghi differenti per cercare la collocazione di Troia e del suo prezioso sotterraneo!".

"Sono d'accordo! Ci sono pareri discordanti circa la veridicità di questa scoperta, c'è chi mette in dubbio che si tratti proprio di Troia; non c'è nessun elemento storico che convalidi le antiche leggende ed è anche in forse la stessa esistenza di Omero!" replicai.

"Sì, questa storia l'ho sentita a scuola, il dubbio nasce per il fatto che, sia per l'Iliade che per l'Odissea, si denotano strutture e temi differenti, il che fa pensare che a scriverli non sia stata la stessa mano".

"Mi auguro vivamente che quella che è rimasta sepolta per secoli sulla collina di Hissarlick sia davvero la città di Dardano, altrimenti non saprei che fare!" affermai un po' preoccupato, prendendo il disco, che Elisabeth custodiva sempre gelosamente in borsa, per analizzarlo nuovamente.

"Io sono fiduciosa! Il tempo per le delusioni lo rimanderei semmai al dopo visita del sito archeologico e, per restare in tema, hai già qualche idea su come agiremo?" chiese una Elisabeth elettrizzata.

"Sì, guarda queste mappe degli scavi che visiteremo domani, qui si trova l'ingresso, noi dobbiamo raggiungere il *megaron* e da lì partire per la nostra avventura, sperando sia tale!" spiegai sottolineando col dito il percorso sulla cartina. "Ho anche comprato tutto l'occorrente che può servire là sotto, spero non ci siano sotterranei come ho trovato a Bobbio... ho ancora i brividi adesso!".

XI

Il mattino seguente la pioggia e il freddo iniziavano a farsi sentire, nonostante le nostre giacche a vento. Era quasi l'orario di apertura del sito archeologico e, a causa delle avverse condizioni climatiche, all'ingresso sostavano pochi visitatori, situazione a noi favorevole: meno gente transitava in quel luogo e più possibilità avevamo di agire senza essere notati.
Entrammo cercando di memorizzare quanto personale di servizio fosse presente in quel momento e potemmo verificare che le guardie erano tutte riunite nella sala biglietteria; le loro espressioni ci facevano capire che con quel tempo non si sarebbero spostate da quella stanza; meglio così, potevamo muoverci con una certa libertà.
Il percorso creato per facilitare la visita obbligava i turisti a seguire i sentieri che li avrebbero accompagnati nelle varie zone numerate; in ogni settore i cartelli illustravano dettagliatamente il reperto che si stava osservando.
Per raggiungere il *megaron* dovevamo attraversare buona parte degli scavi, ma a noi non dispiaceva, anzi; guardandoci attorno sembrava di essere fuori dal tempo: tutto era irreale e suggestivo! Costeggiammo le antiche mura in parte ancora visibili, percorrendo strade in pietra o in terra battuta leggermente in salita.
"Non ero mai stata qui, è straordinario!" esclamò Elisabeth fermandosi in un punto da cui si poteva ammirare tutta la campagna circostante.
"Quando si vedono i resti di Troia per la prima volta, l'effetto è sempre questo! Ti regalano una sensazione di profonda appartenenza ad un'antica civiltà, è come se tu in questo preciso istante potessi vedere la città in tutto il suo splendore e non solo ruderi" affermai estasiato dal luogo.
A parte le possenti mura e l'anfiteatro che catturavano l'attenzione dei turisti, ciò che rimaneva della leggendaria città era una serie di pietre e colonne semidistrutte che si trovavano durante il tragitto. Colpiva maggiormente l'impiego di materiali differenti per le costruzioni realizzate in varie epoche: lo si capiva dalla struttura

e dal grado di erosione che questi avevano subito nei secoli. Inspiegabilmente i reperti più antichi erano meglio conservati di quelli più recenti, ma ciò che lasciava veramente allibiti era che sui capitelli più datati erano presenti fori o tagli estremamente precisi; realizzare queste opere con estrema precisione su una roccia così dura era impensabile con i mezzi a disposizione. Eppure quello che vedevo era ciò che avevo già osservato in varie parti del mondo e che accomunava questi antichi popoli: più avevano a disposizione attrezzi primitivi e più eseguivano lavori stupefacenti per precisione e maestria.
Distanziato il piccolo gruppo di visitatori interessati al luogo, ci avvicinammo a quello che poteva essere l'unico ingresso per raggiungere l'eventuale sotterraneo del Palazzo Reale.
Il passaggio si presentava come un tunnel scavato nella roccia; infatti, il pavimento in pietra formava un piccolo sentiero che pareva scomparire nelle profondità della collina; poco più avanti questo era chiuso da un cancello arrugginito serrato da un enorme lucchetto che ne impediva l'apertura, per l'incolumità di coloro che erano soliti girare senza guida.
"Questo non ci voleva, il lucchetto è più grande di quanto credessi!" sbottai all'improvviso.
"E ora che facciamo? Di qui non riusciamo ad entrare!" dichiarò preoccupata Elisabeth.
"Pensandoci bene, ritengo sia un'impresa difficile oltrepassare questo cancello per arrivare sotto il palazzo che ci interessa. Nel sottosuolo non esistono sotterranei come ho trovato a Bobbio, qui è stato tutto distrutto nelle varie epoche e ricostruito ogni volta sulle macerie della città preesistente, per cui è improbabile la presenza di eventuali cunicoli di collegamento. Propongo una via differente!" dissi riaccendendo la speranza.
"Non vedo come possiamo raggiungere i sotterranei di un Palazzo Reale che non esiste, se non per qualche rovina che lo dichiara tale! Conosciamo solamente la dichiarazione che ha fatto Dardano!".
"E dici poco? Lui ci garantisce che là sotto si trova 'la chiave della conoscenza'; più conferma di questa!" risposi.

"Bene! Ti vedo deciso, immagino tu abbia già un'idea!" mormorò Elisabeth per nulla convinta della situazione.
"Sono sicuro che il passaggio sia più diretto! Nella stanza principale del palazzo sicuramente doveva trovarsi un collegamento che portasse nel posto indicato, ma contemporaneamente non poteva essere accessibile a tutti. Dobbiamo recarci dove si trovano le rovine del *megaron*, ovvero la sala più grande e sontuosa dei palazzi dell'età micenea, nonché la sala del trono, quindi proseguire sempre dritto, ci siamo quasi!" esclamai entusiasta.
Entrambi fermi sulla collinetta guardavamo poco più sotto: a pochi metri c'era quello che ci interessava e io ero emozionato e impaziente.
"Sarà anche la sala più importante del palazzo, ma ora è veramente in rovina! Non riesco neanche a immaginare come potesse essere all'epoca di maggior splendore!" precisò Elisabeth.
"Immagina un grande salone con colonne enormi che sostengono il tetto, con marmi pregiati e graniti che rivestono le pareti su cui coesistono mosaici e pitture prevalentemente di colore rosso... e non manca l'oro! Questo abbondava e veniva usato dopo averlo ridotto in lamine sottili per rivestire oggetti o ricavarne monili!".
"Da favola!" esclamò Elisabeth.
"Proprio così! La magnificenza e l'opulenza dovevano stupire gli ospiti del palazzo per far capire all'istante la potenza e la ricchezza del padrone di casa".
"Un biglietto da visita!" disse Elisabeth.
"Un po' costoso, ma il concetto era quello! Chi vi entrava doveva rimanerne impressionato!" affermai.
Ciò che si presentava dinnanzi a noi era veramente il nulla rispetto a ciò che doveva essere stato in passato; ora però dovevamo capire in che modo potevamo entrare in quello che Dardano aveva indicato come il luogo della conoscenza... e noi avevamo la chiave! Elisabeth conservava, protetto nella sua borsa, l'oggetto che ci avrebbe permesso di arrivare a tale rivelazione, ma le rovine che vedevamo non promettevano niente di buono.
Le nubi stavano lasciando spazio a qualche occhiata di pallido sole; il vento, che prima soffiava lieve, si era fatto ora più

potente e sferzava i nostri volti. Per nostra fortuna le condizioni atmosferiche non avevano permesso una grande affluenza di turisti, per cui agivamo praticamente indisturbati. Scendemmo un dislivello di pochi metri e ci trovammo al centro di quella che in passato era la stanza più importante del palazzo.

In mezzo all'erba si trovavano pietre disposte in fila a indicare il perimetro di pavimentazioni che, confondendosi con le sterpaglie, manifestavano i segni dell'abbandono. Quello che ci colpiva maggiormente erano tre costruzioni: due sembravano dei pozzi, uno circolare e l'altro più grande di pianta quadrata. Ci avvicinammo immediatamente per valutare meglio: le grate di ferro poste sopra le aperture erano fissate col cemento e non lasciavano possibilità d'accesso; guardando all'interno con la torcia elettrica potevamo notare sul fondo solo erba. Ci guardammo perplessi, le nostre espressioni dicevano più di quanto avremmo potuto dire con le parole: eravamo delusi!

"Ho l'impressione che gli unici passaggi probabili non siano accessibili!" concluse Elisabeth amareggiata.

"Così sembra! Ma non sono convinto che il passaggio si potesse trovare in un pozzo; rifletti: se quello custodito sotto il palazzo era così importante, non avrebbero certo rischiato di collocarvi sopra un pozzo o comunque un'apertura che richiamasse l'attenzione; avrebbero scatenato la curiosità di tutti i passanti, non trovi? Quante volte anche noi, passando vicino a un pozzo, ci siamo fatti tentare e abbiamo guardato al suo interno! Il passaggio doveva essere nascosto! Io sarei più propenso per questa costruzione in pietra su cui sembra ne sia appoggiata un'altra di marmo, vedi? Osserva come si distingue dalle altre presenti" le dissi indicando una struttura vicina.

Ciò che aveva immediatamente colpito la mia attenzione era una costruzione cubica formata da pietre alla base, ma rifinita di marmo bianco alla sommità; tre cornici concentriche abbellivano l'opera architettonica che pareva riempita con pietre e terra, come se fosse stato un enorme contenitore.

"Vedo che è più grande delle altre, ma non saprei cosa potrebbe essere!" dichiarò Elisabeth osservando più da vicino ciò che le

avevo fatto notare.
"Questo doveva essere sicuramente il posto dove veniva posizionato il grande braciere all'interno della sala del trono. Attorno vi erano solitamente quattro enormi colonne a sostenere il tetto che, in quel punto, aveva l'apertura per la fuoriuscita del fumo. La collocazione era generalmente al centro della sala" spiegai.
"Beh... ora sopra ci sono solo pietre dimenticate da chissà quanti secoli!" fece notare Elisabeth.
Arrampicandomi con una certa fatica, passando dalla parte che risultava più bassa rispetto al terreno, salii sulla costruzione per osservare quelle lastre di pietra che Elisabeth mi aveva fatto notare; dall'alto la guardai e le sorrisi invitandola a raggiungermi.
Davanti a noi, in un angolo del quadrato, si trovavano piccole travi di pietra disposte a strati come per chiudere un foro; dopo un'occhiata d'intesa e senza pensarci due volte, prendemmo i blocchi di pietra e li spostammo non senza difficoltà.
"Oh, mio Dio! Sotto c'è una pietra incastrata ancora più grande... e pesante!".
"Vedo! Non so se ce la faremo solo con le nostre forze, sembrerebbe un coperchio!" dissi guardando meglio il masso levigato.
"Hai ragione, ma come facciamo ad aprirlo? Ti ricordo che non abbiamo nessun attrezzo che ci possa aiutare!" disse sconsolata.
"Questa pietra non la spostavano certo più persone contemporaneamente! Doveva riuscirci un uomo solo, magari il custode del segreto!" esclamai dopo aver riflettuto.
"Non saprei... però mi pongo una domanda: chi ha effettuato gli scavi negli anni passati, non si è mai accorto di questa lastra particolare?" dichiarò dubbiosa.
"Mah! Forse, avendo scavato in altre zone e non trovando nulla di particolare, si limitarono a pensare che questa costruzione potesse solo avere la funzione di supporto per il braciere... e poi il famoso tesoro di Priamo l'aveva già trovato Schliemann, perché cercarne un altro?" risposi convinto della teoria.
Dovevamo sempre tener presente l'obiettivo della nostra ricerca:

poiché era qualcosa che doveva rimanere celata e solo poche persone dovevano esserne a conoscenza, ecco che anche il meccanismo per spostare il masso doveva per forza facilitare l'operazione di chi la eseguiva. Esternai il pensiero che avevo formulato a Elisabeth, la quale si convinse che doveva essere più facile del previsto l'apertura di quella che ormai pensavamo essere una botola.
Ci guardammo attorno notando che, nonostante fosse trascorso già parecchio tempo, non era ancora passato nessuno da quelle parti: meglio per noi, non avevamo tempo né per spiegazioni né per problemi da affrontare con gli addetti alla sicurezza!
Elisabeth si era seduta sul bordo della costruzione con le gambe penzoloni e mi osservava mentre, a mia volta, fissavo la pietra che fungeva da coperchio. Accovacciato, stavo cercando di capire come avrebbe potuto un singolo uomo sollevare un simile peso, magari avendo a disposizione poco tempo. Doveva per forza esserci il modo.
Dovevo spremere le meningi per riuscire a raggiungere lo scopo di aprire il passaggio, se tale era. Era evidente che quel masso era stato messo volutamente in quel posto; fosse stato in un passato relativamente recente non avrei mai fatto caso a quel coperchio in pietra che mi si presentava davanti, ma noi ora eravamo in possesso di elementi e conoscenze che inducevano a pensare che lì sotto vi fosse certamente un condotto, e io dovevo scoprire il suo ingresso.
Mentre ero così concentrato, Elisabeth giocherellava con le pietre, finché non toccò qualcosa che la fece scattare in piedi come una molla.
"Che hai toccato?" le chiesi mentre vedevo che la pietra che fungeva da coperchio si stava abbassando nel terreno.
"Non lo so! So solo che ho premuto una di queste pietre che formano la cornice; una sembrava uscisse più delle altre e io, come per volerla sistemare, l'ho spinta all'interno, ma non so come ho fatto... si è mossa da sola!" rispose Elisabeth spaventata dall'evento.
"Beh, ora non importa. Guarda: grazie a te abbiamo aperto l'ingresso!".

"Non sarà troppo pericoloso addentrarci in un luogo di cui non sappiamo nulla? Per di più non abbiamo un'adeguata strumentazione! Rischiare la vita per una congrega di pazzi che pretendono che noi troviamo per loro il segreto della Pietra degli Dei è assurdo!" disse Elisabeth tradendo un certo nervosismo.
"Non abbiamo tanto tempo per pensare il da farsi, dobbiamo muoverci in fretta, allora... vieni con me o aspetti qui?".
La mia domanda fu per Elisabeth come una frustata; la vidi bloccarsi per alcuni secondi, con lo sguardo severo e impaurito allo stesso tempo. Fissò l'entrata che la pietra, spostandosi, aveva rivelato, cercando di capire il destino che l'attendeva se avesse accettato di seguirmi. Anch'io, che spavaldamente mostravo sicurezza e tranquillità, in realtà ero spaventato quanto lei. Accesi la torcia e la infilai nell'apertura che si era creata grazie all'intervento involontario di Elisabeth; vidi che la pietra che fungeva da coperchio si era posizionata in modo da formare il primo gradino di una scala che scendeva nelle viscere della terra, non concedendomi nel modo più assoluto la possibilità di vederne la fine.
"Bene, io vado! Passami il tuo zaino col Disco di Festo, voglio vedere che si nasconde laggiù!" dissi deciso mentre, appoggiando le mani sul bordo dell'apertura, scendevo verso il dislivello che mi avrebbe portato all'inizio della scala. "Ma non permetterò che ti accada qualcosa e tanto meno ti lascerò sola. Siamo in due in questa assurda impresa e in due dobbiamo affrontarla fino alla fine".
Il mio non era un sentimento egoistico, sentivo davvero che eravamo parte di un progetto che il destino ci aveva riservato ed era tempo di portarlo a termine.
Elisabeth allungò il braccio e mi porse la mano dicendomi: "Anch'io non ti lascio solo, andiamo!".
Ero preoccupato per le nostre sorti, ma contento di avere accanto Elisabeth; la sua presenza mi dava la forza e il coraggio per proseguire nell'intento. In questo momento ero più che mai determinato a scoprire il mistero.

XII

Scesi per primo accendendo la torcia che avrebbe illuminato il percorso; subito dopo Elisabeth mi seguì. L'apertura consentiva il passaggio di una sola persona ed era più prudente che io aprissi la strada per l'esperienza che potevo aver acquisito sul campo in tutti questi anni.
Fatti i primi scalini dove il muro attorno a noi era abbastanza eroso, ci trovammo a percorrere un corridoio ben conservato; i muri, così come il pavimento e il soffitto, erano formati da monoliti giganteschi che accompagnavano il nostro avanzare. Elisabeth era ammutolita da tanta imponenza, e anch'io avevo visto passaggi simili soltanto a Giza in Egitto oppure a Sacsayhuamàn vicino a Cusco in Perù, dove pietre gigantesche erano state lavorate con grande maestria e precisione millimetrica, tanto che gli spazi tra l'una e l'altra non permettevano il passaggio di un coltello. Anche qui trovavo incastri e tagli nel granito che mi facevano pensare a un lavoro di persone esperte, ma la modalità di esecuzione mi lasciava come sempre senza risposta; risultava impensabile poter concepire opere simili in un periodo in cui i mezzi usati e le conoscenze non erano alla pari con quelle attuali… o forse non era così. Non eravamo sicuri di questo, e quello che si poteva notare ovunque non faceva altro che smentire tutte le teorie che si erano create sulle reali capacità di questi antichi popoli. La domanda ricorrente era: "Come faceva questa civiltà, avendo a disposizione solo pochi strumenti, a mettere in opera costruzioni così imponenti?". Eppure eccole sparse per il mondo a ricordarci quanto i nostri predecessori fossero abili nel creare monumenti che avrebbero sfidato i millenni.
"Ma come hanno fatto a trasportare queste lastre enormi?" chiese Elisabeth.
"Non ho idea, potrei formulare solo supposizioni, ma non corrisponderebbero a certezza! Comunque questa posizione le ha salvate nei secoli! Vedi? Sembra che una sorregga l'altra, tanto da formare un cubo, non crolleranno mai… e chi le ha concepite lo sapeva benissimo!" dissi sapendo che la mia teoria aveva un fondamento.

Alla fine del corridoio, che si poteva percorrere solo incurvandosi leggermente, ci trovammo di fronte nuovamente a delle scale, ma questa volta erano più larghe e permettevano un'ampia possibilità d'azione.

"Non si vede niente laggiù, sembrano non finire mai!" esclamò Elisabeth.

"Eh sì, a quanto pare dobbiamo scendere per riuscire a vedere qualcosa!".

"Inizio ad avere paura!" disse Elisabeth portandosi più vicino a me in cerca di protezione.

"No, non averne, sicuramente non ci sono mostri laggiù, ma qualcosa di estremamente interessante! Continua senza timore, se ti fai prendere dall'agitazione puoi farti male, soprattutto rischi un attacco di panico, situazione dalla quale è difficile uscire senza conseguenze!" precisai mostrandomi tranquillo.

Proseguii con Elisabeth che aveva riacquistato la calma necessaria; le scale scendevano molto ripide e si presentavano insidiose. I singoli scalini erano lastre perfettamente tagliate: non erano molto usurate e ciò mi faceva capire che qui avevano messo piede poche persone. Sulle pareti dapprima nude ora erano tracciati disegni e simboli che non mi conducevano ad alcuna civiltà conosciuta; questo particolare mi fece pensare che il luogo fosse ancora più antico dei resti trovati da Schliemann e dai suoi successori. Ero rapito da quelle immagini, avrei voluto fermarmi per studiarle meglio e cercare un appiglio per poterle catalogare, ma non c'era il tempo. Le scale terminarono in una piccola stanza dalle pareti dipinte di rosso amaranto che la facevano apparire più piccola di quello che era in realtà; l'angoscia che trasmetteva quel colore sotto la luce traballante delle nostre torce rendeva il respiro affannoso. La paura stava avendo il sopravvento su entrambi, ma in Elisabeth stava trovando terreno fertile; mi sentii stringere il braccio con forza e, immediatamente dopo, successe quello che mai avrei voluto accadesse.

"Oh, mio Dio… sto male! Aria… ho bisogno di aria! Aiutami, non respiro, mi sento svenire!" esclamò agitandosi e respirando a fatica.

"Ely… no! Non ti agitare, ti prego! Dannazione, non ora! Ascoltami…" urlai.
"No, no… non riesco, voglio uscire da qui, non ho ossigeno! Portami fuori da questo posto!" gridò istericamente girandosi di scatto per cercare al più presto la via d'uscita.
In quell'istante l'afferrai energicamente per un braccio e la feci voltare. Il silenzio dopo le urla diventò irreale. Noi due, fermi uno di fronte all'altra, sembravamo due spettri spaventati dalla nostra stessa visione; gli occhi sbarrati e le labbra tirate di Elisabeth lasciavano pochi dubbi sulla paura che in quel momento l'aveva assalita. Il suo viso pallido era velato dal sudore a sottolineare che il terrore si era impossessato del suo corpo.
Senza pensarci due volte l'abbracciai e la strinsi forte; era rigida ed il suo battito cardiaco era accelerato; sentivo il suo cuore battere forte contro il mio petto, avvicinai la mia bocca al suo orecchio sfiorandole i capelli e le sussurrai: "Ely, chiudi gli occhi e pensa che se hai respirato finora vuol dire che puoi continuare a farlo! Io sono qui… vicino a te, ti proteggo, non ti accade nulla, è solo un attacco di panico, ritrova la calma e vedrai che tutto andrà meglio, prenditi il tempo che ti serve, così… respira… respira!".
Cercavo di trasmetterle tutta la tranquillità di cui aveva bisogno in quell'istante, sapevo che cosa voleva dire essere chiusi in un luogo piccolo e avere un attacco claustrofobico. Io stesso all'inizio della mia carriera avevo vissuto un'esperienza simile e sapevo che il dramma che si scatena nella mente degli individui è tremendo: è come se una persona dovesse morire soffocata nel giro di pochi minuti.
Elisabeth non parlava e aveva gli occhi chiusi, ma il suo cuore stava rallentando la sua corsa e il suo respiro era meno ansimante.
"Brava, così… ci stai riuscendo! Respira profondamente, vedi che si può?" la rassicurai restando ancora abbracciato a lei.
"Sì, ora sono più tranquilla!" disse Elisabeth a bassa voce, "ma sto ancora tremando!".
"Penso sia normale! Le pareti rosso scuro e la stanza piccola ci hanno fatto un brutto scherzo, l'importante è che ora tu stia bene!" le dissi accarezzandole i capelli.

"Sì, sì... possiamo proseguire ora!" rispose sorridendomi dolcemente, quasi a rassicurarmi della normalità conquistata.
"Già, proseguire... ma per dove?" esclamai perplesso.
A causa dell'attacco di panico di Elisabeth al termine della scalinata, non ci eravamo accorti che il luogo dove ci trovavamo non presentava alcuna porta: era una semplice stanza senza uscita, se non quelle scale da dove eravamo arrivati.
"Impossibile! Non può essere che, dopo quello che ho passato e dopo il racconto di Dardano, tutto possa finire così! Deve esserci un passaggio, un modo per proseguire!" sbottò nervosamente Elisabeth.
Ne ero convinto anch'io, ma ora non riuscivamo a notare nulla che ci potesse aiutare a trovare la soluzione.
"Bene! A quanto pare il nostro Dardano voleva rendere la vita difficile a chi si addentrava, non invitato, nel suo luogo segreto!" dichiarai stimolato dalla curiosità.
I muri che ci circondavano erano privi di disegni e formavano un locale di circa tre metri per tre; osservando meglio, si poteva notare che su ogni lato era dipinta una piccola cornice nera che formava un quadrato vicino al bordo perimetrale. Ciò che non si notava immediatamente era che sul muro di fronte all'ingresso la cornice era composta da una minuscola scritta: tanto piccola che dovemmo avvicinarci a un palmo per poterla leggere.
"Guarda, sembrerebbe greco antico".
"Uhm, interessante, ma perché utilizzare una scritta microscopica, di difficile lettura?" dichiarò Elisabeth.
"Penso proprio che la cosa sia stata voluta! Ritengo che chi ha ideato tutto questo abbia intenzionalmente posto dei limiti con lo scopo di scoraggiare i malintenzionati: solo chi sapeva o era degno di tale conoscenza poteva accedervi! Dietro questi muri deve trovarsi ciò che ci interessa!" spiegai cercando di ricordare se già in altre occasioni avevo avuto modo di osservare un rompicapo del genere.
Eravamo concentrati nella traduzione della scritta intervallata da simboli incomprensibili, come se nella medesima riga ci fossero stati due idiomi differenti. Tutto era complicato, non riuscivamo a

decifrare il significato delle parole che si formavano sotto i nostri occhi.
"Qui dice: *Tu che osservi con gli occhi sbagliati, solo se ti umilierai al cospetto del nulla, riuscirai a trovare la verità.* Che vorrà dire con *occhi sbagliati*, e ancor di più umiliarsi *al cospetto del nulla*?" esclamai visibilmente nervoso. E subito dopo: "Ho bisogno di riflettere".
"Sì... ma non possiamo stare qui in eterno! Là fuori qualcuno potrebbe accorgersi della nostra presenza qui sotto e io inizio ad avere freddo e fame!" dichiarò Elisabeth tradendo a sua volta un certo nervosismo.
"Possiamo stare qui tutta la notte, se è necessario! Tanto un po' di viveri li abbiamo per affrontare i morsi della fame!" dissi sorridendo per sdrammatizzare il momento.
"Hai visto che ore sono? Il tempo vola, non ce la faremo a uscire in tempo per l'orario di chiusura del sito!".
"Pazienza! Dobbiamo riuscire ad arrivare al segreto celato in questo luogo, ormai è una battaglia personale!" dissi guardando Elisabeth che ricambiava lo sguardo, terrorizzata all'idea di passare lì la notte.
"Mettiamoci all'opera, non voglio restare qui!" disse alla fine.
"Se dice che stiamo osservando con gli occhi sbagliati, non ti viene in mente niente?" chiesi fissandola e sperando in un suo aiuto.
"L'unica cosa che si attiva razionalmente nel mio cervello è che l'altro modo di osservare può essere col cuore, ma qui non saprei come concretizzare una tale visione!" disse Elisabeth.
"Vero! Quindi dobbiamo trovare il modo giusto per guardare!" replicai pensieroso.
Seduti uno accanto all'altra cercavamo di capire quale potesse essere la strada da percorrere; fortunatamente ero abituato a riflettere e a valutare ogni singola possibilità, per cui le idee non mancavano, ma sembravano tutte inutili. Avevamo toccato ogni singolo carattere della cornice, ma non era successo nulla; avevamo anche provato a spingere i muri, come se per qualche congegno potessero aprirsi sotto il nostro peso. Nulla di fatto... era impossibile! La speranza ci stava abbandonando, quando

all'improvviso ebbi un'illuminazione.
"Ma perché non ci ho pensato prima? Che stupido!" dissi facendo trasalire Elisabeth.
"Pensato a cosa?" chiese Elisabeth con gli occhi sgranati.
"A quale sia l'altro modo di vedere se non puoi usare gli occhi!".
"Non capisco!" esclamò.
"Se una persona è cieca, con cosa osserva o legge?".
"Con le mani!" rispose.
"Giusto! Con le mani! Quindi non dobbiamo guardare con gli occhi, ma toccare con le mani!" replicai.
"Bene... ma cosa? Abbiamo già provato tutto, sono ore che tocchiamo cornicette e spingiamo muri senza risolvere alcunché!" dichiarò Elisabeth spazientita.
"Leggi bene, che dice dopo? *Umiliarsi al cospetto del nulla*, quindi chi è che si umilia?" le domandai.
"Basta con gli indovinelli, sono stanca!".
"Io invece sono stimolato dall'adrenalina! Chi si umilia si sdraia per terra! Pensa ai seminaristi che prendono i voti, sono distesi in segno di umiltà e sottomissione. Quindi...".
Senza più pensare mi distesi a terra davanti alla parete che riportava la scritta e lì, illuminando con la torcia e toccando con le mani, trovai ciò che prima era invisibile. Una parte di muro in prossimità del pavimento sembrava ben allineato con esso, complice la pittura scura della parete che causava così un effetto ottico; in realtà celava il sistema di apertura. Spinsi con tutta la forza la pietra che usciva leggermente dal muro e, immediatamente dopo, ciò che avevamo davanti ci stava aprendo un varco verso la verità. Mi alzai di scatto, mentre il muro forzava sul pavimento lasciando un solco profondo nella polvere. Elisabeth era felice e spaventata allo stesso tempo, io ero più che mai convinto che la soluzione fosse a portata di mano, ma non era ancora arrivato il momento di rallegrarsi.
"Aspetta un attimo!" dissi improvvisamente trattenendo Elisabeth per un braccio. "Ho uno strano presentimento! Se chi ha architettato tutto questo l'ha fatto per evitare che qualcuno entrasse senza permesso, probabilmente avrà anche pensato al

modo di fermare il cammino della mente geniale che fosse riuscita a carpire l'enigma".
"Dici che le sorprese non sono finite?" chiese Elisabeth.
"Sorprese mortali, oserei dire!".
"Cosa? Stai parlando di trappole?" disse terrorizzata.
"Sicuramente qualche congegno per bloccare gli indesiderati" aggiunsi preoccupato.
Il tempo ormai ci era sfuggito, non sapevamo l'ora che si era fatta: entrambi, in tacito accordo, avevamo stabilito di non guardare più l'orologio per non crearci ulteriore ansia.
Ora eravamo di nuovo seduti nella piccola stanza vicino all'ingresso del passaggio, in attesa di capire in che modo potevamo andare incontro al nostro destino.
"Possono trovarsi una serie infinita di trabocchetti, intuire quello che potrebbero aver usato è difficile" dissi meditando. "Ho la sensazione che ci attenda qualcosa di terribile! Non ti capita mai di avere come un sesto senso?" chiesi.
"A volte, ma questa è un'attesa senza motivo, abbiamo già superato la prova, non penso ci sia ancora qualcosa da temere!" motivò Elisabeth sicura del proprio pensiero.
Non ne ero convinto. Continuavo a pensare che il percorso non doveva essere così facile; un grande segreto doveva rimanere al sicuro, per cui il passaggio doveva nascondere sicuramente qualche insidia. Dietro la pesante porta che si era aperta davanti a noi si trovava un corridoio; anche puntando la luce all'interno non si vedeva molto distante, per cui non sapevamo dove terminasse. Ero preoccupato, Elisabeth dietro di me ripeteva che dovevamo proseguire tranquilli, ma io continuavo ad avere quella sensazione di disagio. Per la prima volta, da quando eravamo scesi, avevo veramente paura.
Puntando la luce appena dietro il varco, notai qualcosa di strano.
"È come se ci fosse una fessura nel muro, è larga circa due spanne e... ce n'è un'altra sul lato opposto!" spiegai illuminando le due fessure che si trovavano una di fronte all'altra a circa un metro e mezzo da terra. "Se la frase dice che devi umiliarti al cospetto del nulla, significa che devi rimanere sdraiato davanti al corridoio...

dove non c'è niente! Stenditi! Andiamo avanti strisciando fino alla fine, penso sia l'unico modo per arrivare indenni!".
Stesi a terra iniziammo a muoverci senza che accadesse nulla. Dopo circa un metro dalle prime fessure nel muro, ne trovammo altre due sempre alla medesima altezza; non ce ne accorgemmo, ma evidentemente il nostro peso aveva causato la messa in azione di ciò che immaginavo. Le lame uscirono dalle quattro fessure con un sibilo che spaventò entrambi, se fossimo stati in piedi non avremmo avuto scampo. Restammo paralizzati dal terrore per alcuni minuti, pensando alla fine orribile che avevamo appena rischiato. Proseguendo non notammo niente che ci potesse far pensare all'esistenza di altre trappole, ma continuammo ugualmente il nostro tragitto rimanendo a terra, strisciando come soldati che devono affrontare un percorso di guerra.
Il nostro estenuante avanzare terminò in una stanza più ampia e meno cupa di quella che avevamo lasciato pochi minuti prima. Qui le pareti erano dipinte con strani simboli e disegni che ritraevano figure sia femminili che maschili vestite con tuniche bianche che ricordavano molto quelle egizie, pur non essendo uguali.
"Che meraviglia!" esclamai sorpreso.
C'era qualcosa però che mi sfuggiva. Osservavo attentamente ciò che per millenni era rimasto nascosto agli occhi degli uomini e, nonostante le similitudini con le varie dinastie dell'antico Egitto, c'era un particolare che mi aveva colpito a cui non riuscivo a dare spiegazione.
"Guarda attentamente, non trovi che alcune di queste persone siano rappresentate con tratti somatici fuori luogo per la latitudine a cui ci troviamo?" disse ad un certo punto Elisabeth facendomi trasalire.
Ecco cos'era che non riuscivo a mettere a fuoco nella mia mente!
"Non capivo che avessero di diverso dalle rappresentazioni classiche dell'arte egizia… è straordinario!" esclamai.
"Credo proprio di sì, vedere persone con i capelli d'oro e occhi con lapislazzuli blu… lascia esterrefatti. E poi questi altri…" indicando altre figure umane.
"Vedo! Sembrano quelli che sono rappresentati sul Disco di

Festo; osserva: hanno tatuaggi sulle guance e sono senza capelli, potrebbero essere sacerdoti!" aggiunsi stupito.
"Sono tutti rivolti verso un'unica direzione, quelli di sinistra guardano a destra, mentre gli altri che sono disposti di fronte guardano a sinistra!" disse Elisabeth.
"Ho notato, e il perché è subito scoperto!" dissi puntando la luce nel punto preciso in mezzo alla parete dove pareva guardassero tutti i personaggi dipinti.
Al centro del meraviglioso affresco vi era una nicchia circolare e al suo interno erano disegnati gli stessi simboli che si trovavano sul Disco di Festo o Pietra degli Dei. Esternamente, quasi come se il contenuto della nicchia fosse un sole, erano dipinti raggi dorati che irradiavano le persone raffigurate. Quello che avevamo dinnanzi era di rara bellezza, non avevo mai visto niente di simile, soprattutto non avevo alcuna idea di quale antica civiltà potesse raffigurare tutto questo.
"È favoloso, stupefacente, mi manca il respiro davanti a tanta bellezza!" disse Elisabeth fissando i muri dipinti.
"Sono dello stesso parere, ora però passami il disco... devo provare!" esclamai.
"Il Disco di Festo? Non dirmi che lo vuoi inserire nella nicchia!" chiese Elisabeth preoccupata.
"Certo, e senza pensarci due volte! La misura corrisponde e i disegni confermano che si tratta proprio di questo, quindi...".
Elisabeth prese la pietra dallo zaino e me la porse timorosa, ma quando vide che ero tranquillo e sicuro delle mie azioni, mi sorrise e mi incoraggiò dicendo: "Dai, vediamo che succede!".
Non appena ebbi inserito il disco di terracotta nella corrispondente rientranza, si udì un forte sibilo e il muro alle nostre spalle iniziò ad aprirsi procurando una vibrazione come se fosse un terremoto: sembrava che stesse crollando il mondo sopra di noi.
Elisabeth spaventata mi abbracciò urlando, mentre io, impressionato dall'evento, chiusi per un attimo gli occhi anche a causa della polvere che si stava alzando e spargendo per tutto il locale.
Seguirono attimi di silenzio. Noi due, abbracciati come due

bambini spaventati che cercano conforto a vicenda, eravamo fermi in mezzo alla stanza!
"Mio Dio, che spavento!" esclamò Elisabeth in lacrime, mentre tossiva per la polvere che si era alzata.
"Molto d'effetto! Non siamo abituati a queste cose, ma siamo ancora vivi ed è quello che conta!" dissi per sdrammatizzare portandomi un lembo della camicia sulla bocca.
"E ora?" chiese Elisabeth ancora impaurita.
"Ora andiamo subito nella stanza che si è aperta prima di respirare tutta la polvere!" dichiarai prelevando velocemente dalla nicchia la Pietra degli Dei.
Quello che si presentava, e che prima era nascosto dietro la pesante porta di pietra, aveva dell'incredibile.

XIII

La stanza che avevamo lasciato doveva essere l'anticamera di quella che ci stava ospitando da pochi istanti. Era una sala enorme e una luce proveniente da chissà quale generatore illuminava le pareti. Nonostante la profondità a cui ci trovavamo, riuscivamo a respirare; pensai che coloro che avevano progettato il luogo fossero a conoscenza di nozioni ingegneristiche tali da poterle sfruttare al meglio. Avevamo la sensazione che qui il tempo non fosse mai trascorso: tutto quello che potevamo osservare era come se fosse stato abbandonato da pochi giorni, mentre fuori i secoli divoravano ogni cosa.
Davanti a noi, gigantesche colonne erano disposte come in un tempio. Tutto era dipinto con rappresentazioni di vita quotidiana riguardanti un popolo che non si poteva associare ad alcuna civiltà mediterranea. Era un tripudio di bellezza che accomunava tutte le razze del mondo; quasi come se da questo sconosciuto popolo fossero iniziate tutte le civiltà descritte nei libri di storia.
"Sono senza parole davanti a tanto splendore! Non pensavo potesse esserci qualcosa di così bello!" disse Elisabeth guardando in varie direzioni.

"Ho l'impressione che chi l'ha costruito voglia stupirci ancora di più!" esternai guardando poco più avanti.
Infatti al centro della grande sala vidi qualcosa che mi fece piegare sulle ginocchia per l'emozione. Ero rimasto a bocca aperta, e come me anche Elisabeth era impressionata.
Al centro del colonnato erano poste due colonne maggiori; a differenza delle altre, queste non erano dipinte e risultavano meno massicce; il materiale con cui erano state realizzate faceva pensare a colonne non appartenenti alla zona in cui ci trovavamo, ma trasportate da altri luoghi non ben precisati, visto che non capivamo quale fosse la pietra dalla quale erano state ricavate. Il loro colore sfumato passava dal rosso per arrivare al blu attraverso un giallo scintillante che pareva oro: eravamo incantati. La vera meraviglia però si trovava all'interno di queste due colonne ed era ciò che mi aveva immobilizzato, quasi preso dalla sindrome di Stendhal. Qui, a un'altezza di circa tre metri, c'era la rappresentazione del nostro Pianeta: col diametro di poco più di un metro stava sospeso nel vuoto grazie ad una forza non ben conosciuta, che scaturiva probabilmente dai ferri che vi formavano due parentesi attorno.
Notavamo esterrefatti tutti i Continenti da noi conosciuti insieme ad altri che non sapevamo esistessero oppure di cui avevamo perso le tracce; tra questi spiccava per grandezza quello che sapevamo essere la mitica Atlantide. Questo territorio era di enormi proporzioni e mi domandavo come avesse potuto scomparire e non essere più individuato. Ma quello che mi colpì maggiormente fu che, nella parte dove potevo riconoscere l'Europa, il Mediterraneo risultava molto più contenuto, quasi fosse un grande lago, e le terre erano più estese di quelle a noi familiari.
Rimasi sbigottito e perplesso: poteva essere che, dopo il disgelo dell'ultima glaciazione o il Diluvio Universale descritto nella Bibbia, le acque si fossero alzate in modo esponenziale? Oppure, come descritto anche da Platone, che il cataclisma che distrusse la mitica Atlantide avesse fatto alzare il livello degli Oceani a seguito dello sprofondamento del Continente?

"Mio Dio! Non so se ti rendi conto che quello che stiamo osservando è la copia della Terra da come la si può notare solo dallo Spazio!" esclamò Elisabeth.
"Già! Nessuno poteva sapere che il mondo era fatto così se non perché aveva la possibilità di osservarlo, diciamo... da un'angolazione diversa!".
"Ma quello che impressiona è che le terre sono tutte collegate tra di loro, vedi? Sconvolgente!" dissi.
"Ma chi era questa gente? Da dove arrivava?" chiese Elisabeth ormai confusa.
"Sicuramente è quella di cui parla Dardano; popoli che provenivano dalla Stella Madre e che si stabilirono sul nostro Pianeta per dare vita a nuove razze, unendosi probabilmente agli abitanti che erano già presenti, ma non particolarmente evoluti" dichiarai secondo la convinzione che mi ero fatto.
Strabiliati dalla bellezza di ciò che stavamo osservando a viso levato, non ci eravamo accorti di un enorme e meraviglioso mosaico sul pavimento che occupava tutta l'area all'interno delle imponenti colonne. I piccoli tasselli formavano un enorme disegno raffigurante presumibilmente la città di Atlantide.
"Di una bellezza che ti paralizza, come se fosse una dichiarazione atta a trasmettere ai posteri la loro origine!" esclamai esterrefatto.
"Sì, deve essere così! Guarda i dipinti sulle pareti, spiegano probabilmente la storia di chi li ha realizzati!" esclamò Elisabeth mentre, alzatasi, raggiungeva la lunga parete perimetrale della sala.
Sui muri erano affrescate scene impressionanti sia per la bellezza artistica sia per l'argomento trattato; era come leggere un libro che trasmetteva la conoscenza di una cultura che non era quella degli indigeni terrestri. I bellissimi dipinti, eseguiti con mano capace, ci informavano di come un popolo fosse venuto sulla Terra quando l'uomo era ancora culturalmente primitivo. A differenza di quelli che potevano essere i nostri antenati, i forestieri erano felici e sorridenti, quasi a trasmettere pace e tranquillità a chi stava di fronte a loro.
Nelle pitture successive era un giubilo di comunione fra i popoli che si erano generati da questa unione: scene che ritraevano

danze supportate da strumenti musicali simili a cetre e arpe che scandivano la vita quotidiana. Da quello che potevamo vedere, trasmettere una cultura superiore era la loro missione di primaria importanza.
Elisabeth ed io proseguivamo lungo quello che si presentava come un racconto; più avanzavamo nel nostro percorso e più la nostra incredulità, mista a stupore, si faceva sempre più forte.
Arrivati a circa metà sala, sul muro trovammo dipinte figure di uomini e donne ritratti con la bocca semiaperta da cui uscivano linee ondulate, come se emettessero suoni o canti. Elisabeth ne fu attratta in modo particolare.
"Non trovi che qui ci sia un'acustica formidabile? Magari in questo luogo svolgevano riti particolari con canti e musiche in onore di chissà quale dio!" esclamò, e iniziò a emettere suoni che presto diventarono canti, mentre il globo terrestre iniziava a roteare.
"Conosco leggende riguardanti popoli che in passato sfruttavano le vibrazioni che emettevano i suoni a bassa frequenza. Tramite questi causavano fenomeni gravitazionali che potevano sfruttare a loro piacimento, ad esempio per spostare enormi massi da utilizzare in megalitiche costruzioni" dissi affascinato da ciò che stavo vedendo.
"Osserva bene le due colonne entro cui è posta la Terra, sono più ravvicinate delle altre, sembrano formare un grande diapason: le vibrazioni partiranno da lì, immagino!" dichiarò Elisabeth.
"Penso sia proprio così, è straordinario! Siamo testimoni di qualcosa che noi uomini progrediti non abbiamo ancora completamente scoperto; mentre questo popolo primitivo sapeva benissimo come funzionava e lo sfruttava a suo piacimento".
L'entusiasmo era alle stelle. Strabiliati da tanta bellezza, arrivammo però in un punto in cui la nostra felicità lasciò lo spazio all'angoscia: di fronte a noi era un dipinto che rappresentava la distruzione di quel popolo tanto evoluto e antico che viveva ad Atlantide. Scene di terrore passavano davanti ai nostri occhi: le acque inghiottivano terre e uomini senza pietà, lasciando alla fine solo l'immenso mare. Alcuni si salvarono trovando rifugio sui Continenti che avrebbero ospitato le antiche civiltà da noi

conosciute, come quelle ricche di fascino e mistero.
"Santo cielo! Se prima tutti i disegni erano accompagnati da simboli sconosciuti, sotto il dipinto finale c'è scritto qualcosa!" esclamò Elisabeth in preda all'agitazione.
"La traduzione dovrebbe essere più o meno questa" dissi iniziando a leggere:

Noi che siamo i Figli dei nostri Padri, che amiamo la Natura ricambiati da questo amore. Noi che diamo speranza e armonia ai popoli in difficoltà insegnando loro le Leggi dell'Universo, abbiamo perso il contatto con il nostro spirito primordiale pensando solo a noi stessi, sfruttando le forze che prima erano amiche e ora si ribellano a ogni nostra imposizione.
Siamo tutti collegati da un filo invisibile che ci unisce. Noi viventi, in ogni spazio presente in Cielo o qui in Terra, abbiamo la nostra Madre in comune. Ogni suolo che ospita i nostri passi è un essere vivente e noi facciamo parte di esso. Chi verrà dopo di noi dovrà sempre sapere che, per non distruggere se stesso, non dovrà distruggere il corpo di chi lo ospita.
Noi abbiamo fatto questo errore, chi avrà imparato vivrà in Pace.

Elisabeth fissava le scritte, mentre le lacrime le scendevano per la forte emozione. Io con gli occhi bassi mi sedetti a terra consapevole della veridicità di quanto scritto sul muro. Purtroppo l'uomo non aveva ancora imparato e oggi i risultati erano sotto gli occhi di tutti.
"E ora? Chi si metterà sulle spalle il peso di una rivelazione simile? Noi così piccoli e impotenti che potremmo mai fare?" domandò Elisabeth mentre si sedeva accanto a me ancora incredula.
"Noi saremo anche piccoli come dici tu, ma abbiamo a nostro vantaggio le prove, e di fronte a queste il mondo non potrà stare a guardare senza far niente!".
In quell'istante colpì il mio sguardo una nicchia che si trovava nella parte alta di una colonna centrale della sala. Mi alzai per controllare meglio quale funzione potesse avere e qui, con mia grande sorpresa, vidi che era simile a quella che avevamo trovato nell'anticamera.
"Vieni a vedere, è identica!".

Presi nuovamente il Disco di Festo e lo feci introdurre da Elisabeth nella nicchia che lo accolse immediatamente. In quel preciso istante sentimmo il rumore di un meccanismo che si azionava: in una frazione di secondo partì dal punto di una colonna dove era dipinto un sole un raggio di luce accecante che illuminò la sala e, come una saetta, colpì con precisione l'interno della nicchia, facendo cadere in frantumi la pietra che avevamo inserito.
"Noo! Oh mio Dio, cos'era? Si è distrutto tutto, ora non abbiamo la prova che ci serviva!" gridò Elisabeth.
"Ma abbiamo qualcosa di meglio! Guarda che meraviglia: ci ha lasciato il disco di terracotta, rompendosi! Questa è la vera Pietra degli Dei che era contenuta all'interno!" dissi emozionato e sorpreso.
Raccolsi ciò che doveva essere la chiave di tutto; quello che tenevo tra le mani era sorprendente: costituito da un materiale simile a un cristallo perfettamente levigato, era di forma piatta e circolare, ma ciò che impressionava per bellezza era che raggruppava tutti i colori dell'Universo, come l'immagine di una Galassia.
"Pensavo di aver visto finora cose fantastiche in questa sala, ma a quanto pare era niente a confronto!" esclamò Elisabeth.
"Il raggio è partito in questa direzione da quella colonna con il sole dipinto" spiegai camminando verso la colonna in questione.
"Ma se controlli quella che le sta di fronte, ha raffigurato un altro sole e, guarda caso, sotto il disegno si trova un'altra nicchia che deve per forza contenere la vera Pietra degli Dei... passamela e proviamo!" continuai determinato.
L'introduzione del cristallo nel foro procurò un intreccio di raggi di luce intensa provenienti da più direzioni che disegnarono, all'interno del colonnato, una sorta di mappa stellare tridimensionale.
Entrambi ammirammo stupiti la meraviglia di enormi proporzioni che si presentava sopra di noi: una Galassia in cui erano evidenti varie Costellazioni, ma solo una stella era più grande e luminosa, tanto da farci pensare che fosse la Stella Madre.
Eravamo senza parole, consapevoli di essere i primi a venire a conoscenza di una così importante scoperta che avrebbe cambiato nell'Uomo il modo di concepire le proprie origini.

In quel preciso istante si udì echeggiare nella sala un applauso, quasi a condividere il meraviglioso spettacolo a cui aveva assistito la persona rimasta finora nascosta.
"Bravi! Devo dire: veramente bravi!" disse una figura nascosta dietro una colonna.
"Tu? Ma... ma..." riuscii solo a pronunciare quando questa uscì allo scoperto.
"Ma... niente! Sapevo che ce l'avresti fatta, avevo ragione!".
Paolo stava davanti a me insieme ai suoi scagnozzi che subito riconobbi essere le stesse persone che avevo incontrato a Roma.
"Perché, Paolo... perché mi hai mentito e hai fatto questo? Non eravamo forse amici?" chiesi ancora incredulo.
"Perché il potere e la ricchezza sono tutto quello che posso desiderare e non hanno confronto con la tua amicizia!" rispose.
"Ma non puoi usarci come pedine per un gioco così vile, io mi fidavo di te! Mai avrei immaginato che tu un giorno potessi tradirmi così!" dissi sconsolato.
"Non farmi ridere! Sei il solito sciocco, di quelli che credono ancora nell'amicizia e nelle brave persone... sbagliato! Io ho qualcosa di più grande in mente. Sei d'accordo con me, bella Elisabeth?" disse Paolo accarezzandole il viso con il dorso della mano.
"Togli le tue mani dal mio viso!" esclamò Elisabeth con tono sdegnato.
"Lasciala stare! Dovete liberare Thomas, ora che abbiamo scoperto cos'è la Pietra degli Dei!" dichiarai nervosamente, mentre Paolo si allontanava da Elisabeth e traeva da sotto la giacca una pistola.
"Ah già...Thomas! Penso che a quest'ora sia sulla via del ritorno, quindi non dovete temere. Quando ci siamo resi conto che avevate finalmente scoperto questo grande segreto, per il quale si era scomodato perfino un Papa, abbiamo mantenuto i patti e lo abbiamo liberato. Ma ora voi due dovete seguirci con la Pietra... prendila!" mi ordinò Paolo puntandomi la pistola contro.
In quel momento lo odiai con tutte le mie forze. Non so cosa volessi ottenere in quel preciso istante, ma d'istinto afferrai il braccio di Paolo che teneva la pistola; ne nacque una violenta

colluttazione durante la quale cercai disperatamente di disarmarlo, ma lui era sempre più deciso a usare le maniere forti pur di non perdere tutto ciò che lo rendeva sicuro e potente. Alla fine, dalla pistola partirono due colpi che andarono fortunatamente a vuoto, ma che echeggiarono in modo sinistro in quel luogo dall'acustica formidabile.

Come il canto di Elisabeth in precedenza aveva fatto roteare il globo terrestre in un moto armonico, il suono delle urla e degli spari innescò nella sala l'inizio della distruzione. Si erano interrotti l'armonia e l'equilibrio senza i quali era iniziato secoli prima il processo di annientamento di quel popolo sconosciuto, e oggi come allora, in quel luogo, si stava ripetendo lo stesso rito. Le colonne iniziarono a tremare provocando la caduta di parti del soffitto, in un attimo vidi crollare il globo che era sospeso nella stanza da migliaia di anni e rovinare al suolo come un pallone sulla spiaggia.

Mentre correvamo verso l'uscita per cercare la salvezza, vedevamo sgretolarsi tutto quello che era rimasto intatto nel tempo e un sentimento di rabbia e di impotenza nacque nel mio cuore.

Elisabeth, in mezzo ai due tipi loschi, era impaurita; Paolo mi teneva la pistola puntata alla schiena, mentre mi incitava a tutti i costi a prendere la Pietra degli Dei ancora all'interno della nicchia. Vie di scampo non ne vedevo. Mi fece fermare obbligandomi a ritornare alla colonna che conteneva il cristallo prezioso e, davanti a questa, mi ordinò: "Muoviti! Prendi quella maledetta Pietra e andiamo!".

Stavo per voltarmi verso di lui, quando un grosso masso cadde dal soffitto e lo colpì. La scena mi obbligò per un istante a chiudere gli occhi e ad avere pietà di colui che fino a pochi minuti prima consideravo un amico e che invece si era rivelato un individuo senza scrupoli.

Mi misi a correre, cercando di schivare le pietre che cadevano dappertutto; sentivo Elisabeth urlare, ma non riuscivo a vederla per la polvere che ormai aveva invaso l'intera sala. Ero quasi giunto all'uscita, quando a terra scorsi tre corpi. Il sangue mi si raggelò nelle vene e venni colto dal terrore.

A terra c'erano i due scagnozzi e tra loro Elisabeth con una gamba intrappolata sotto il corpo di uno di loro. La scena era terribile: l'uomo che bloccava Elisabeth era immobile, sepolto da un'enorme lastra di pietra; l'altro si muoveva ancora, ma dalla testa usciva molto sangue e in pochi secondi restò immobile.
Insieme si fermò anche il mio cuore nel vedere la donna che amavo non dare segni di vita. Mi chinai su di lei e, non vedendo sangue sul suo corpo, provai ad avvicinare l'orecchio al suo cuore: in quell'istante il mio respiro partì in simbiosi col suo ritmo. Era viva!
La tolsi con tutta la mia forza da sotto il cadavere che le impediva i movimenti; quando l'ebbi tra le braccia, mi indirizzai verso la salvezza facendo tutto il percorso a ritroso verso l'uscita dal Palazzo Imperiale, ormai giunto alla fine dei suoi giorni a causa della cattiveria umana. La corsa con Elisabeth tra le braccia era molto faticosa, ma ora più che mai volevo e dovevo uscire da quella trappola. Mi accorsi che la disperazione fa compiere agli uomini azioni straordinarie: riuscivo a salire con una facilità innaturale gli scalini che sarebbero stati già faticosi in condizioni normali.
Arrivato all'aperto, adagiai delicatamente Elisabeth a terra; finalmente eravamo fuori da quella trappola. Ma ero disperato! Elisabeth non reagiva ai miei richiami, pregavo Dio che non me la portasse via, l'abbracciai e mi misi a piangere.
"Elisabeth, ti prego, rispondi! Non mi lasciare, ho bisogno di te!".
Piangevo disperatamente tenendola tra le braccia, le baciavo e accarezzavo la fronte mentre singhiozzavo. Ero consapevole che se Elisabeth non ce l'avesse fatta, io avrei perso l'unica donna che nella vita era riuscita a farmi battere il cuore.
"Dio! Non puoi portarmela via così!" gridai. "Ho solo lei… io l'amo! Elisabeth, ti prego, torna da me!" dissi con le lacrime che ormai scendevano incontrollate.
Lo sconforto e la disperazione si erano ormai impossessati di me, anche se non potevo credere che Elisabeth stesse per morire fra le mie braccia. La pioggia iniziava a cadere nuovamente su di noi: Elisabeth se ne stava immobile, ma il suo respiro esile

mi dava la speranza che potesse risvegliarsi. Sembrava fosse passata un'eternità da quando eravamo usciti dall'incubo, invece il tempo trascorso era solo di pochi attimi. Attimi che mi stavano uccidendo.

"Elisabeth… Elisabeth… non permettere a nessuno di portarti via da me!".

Perso nel mio dolore, con gli occhi chiusi per non vedere quanto il mondo intorno a me fosse diventato terribile, a un tratto mi sembrò di sentire una voce flebile e soffocata.

Elisabeth si stava lamentando, aveva la gamba dolorante, ma era con me… era tornata, era viva! La mia felicità fu tale che le mie lacrime, prima di disperazione, ora erano di gioia.

"Elisabeth…" riuscii solo a pronunciare, mentre l'abbracciavo forte.

"Ho sentito che mi chiamavi, e ho sentito anche le tue parole d'amore!".

"È vero, ti amo! So che non è il momento né il luogo per una dichiarazione così importante, ma avevo paura di perderti ed ero disperato!" dissi visibilmente agitato.

Elisabeth non mi lasciò finire la frase e debolmente, ma in modo comprensibile, mi sussurrò: "Sono felice, anch'io ti amo, e da tanto tempo!".

Allora, lasciando manifestarsi quell'amore che avevo sempre tenuto nascosto nel profondo del cuore, mi chinai su Elisabeth e la baciai. I nostri cuori battevano all'unisono e io mi sentivo l'uomo più felice della terra. Non vedevo più nulla di ciò che si trovava intorno a me: ora esisteva solo lei.

Lentamente, sorreggendola con delicatezza, riuscii a raggiungere l'auto che avevamo lasciato lontano nel parcheggio; ormai era giunta l'ora di chiusura del sito archeologico. Per fortuna Elisabeth non aveva fratture, il dolore alla gamba in seguito alla caduta la faceva zoppicare, ma riusciva ad appoggiare il piede. La pioggia che scrosciava aveva lavato via lo sporco che ci ricopriva prima di raggiungere l'uscita, cosicché passammo sotto lo sguardo pur attento delle guardie che non si accorsero di nulla. Per loro eravamo i soliti turisti un po' pazzi che affrontavano la visita agli

scavi nonostante il tempo e per giunta senza ombrello.
"Sia ringraziato il cielo, ce l'abbiamo fatta!" dissi mentre salivamo sull'auto diretti all'hotel.
"Ringraziamo chi vuoi, ma io non ho ancora capito che è successo là sotto a un certo punto!" disse Elisabeth.
"Tutto perso! La Pietra degli Dei con il suo segreto e i tre nostri assalitori sepolti sotto un mucchio di macerie" dichiarai.
"Forse è meglio così, pensa quanti altri problemi avrebbe causato la rivelazione di tale scoperta!" esclamò.
"È vero, non penso sia arrivato il momento che i popoli sappiano che non siamo gli unici esseri viventi in tutto l'Universo; ormai le prove sono distrutte e noi non racconteremo a nessuno la nostra scoperta" dissi con tono deciso.
"Sarà il nostro grande segreto! Lo diremo solo ai nostri figli" disse Elisabeth dandomi un bacio sulla guancia.
Che bello sentire quelle parole che mi proiettavano nel futuro; era come se stessi guardando un film e quello che vedevo aveva una trama bellissima.
Giunti in hotel preparammo velocemente le valigie perché all'aeroporto ci attendeva il nostro volo per Istanbul e in seguito quello per l'Italia. Eravamo stanchi, ma la gioia che avevamo in cuore era tale da far dimenticare tutto.
Ci fece ritornare alla realtà lo squillo del cellulare di Elisabeth. All'altro capo c'era Marisa che, con voce gioiosa, ci avvisava della bella notizia appena ricevuta: Thomas stava ritornando a casa, era libero! Finalmente tutto era giunto a conclusione e a noi non restava che ritrovare la tranquillità di un tempo.
Solo una cosa mi lasciava il dubbio che la vicenda non fosse ancora del tutto finita: per quanto potevamo sapere, i criminali che avevano architettato il complotto non potevano ancora conoscere la sorte nefasta dei loro uomini. Una volta saputo ciò che era accaduto, si sarebbero sicuramente messi in contatto con noi per avere la Pietra. Dovevamo tornare a casa in fretta e mettere al sicuro le persone care.

XIV

Quando arrivammo a Milano, il mattino del giorno seguente, eravamo esausti per le vicende che ci avevano visto protagonisti negli ultimi tempi; Elisabeth ed io non perdevamo l'occasione per rimanere abbracciati, felici e innamorati.
"Dobbiamo raggiungere Villa Fiorita al più presto!" dissi con una certa preoccupazione, mentre eravamo in attesa delle nostre valigie.
"Temo che, non vedendo arrivare i loro uomini con quello che tanto aspettavano, quei criminali vadano a riprendersi tuo padre... o peggio!" continuai.
"A questo non avevo pensato, ma hai ragione! Dobbiamo arrivare a Villa Fiorita in fretta per metterli in guardia. Mio padre penserà che tutto si sia risolto per il meglio, se alla fine l'hanno liberato, e non certo che tutto sia andato distrutto!".
"Immagina per un attimo che succederà, quando i mandanti scopriranno che l'unico mezzo per arrivare al potere e alla ricchezza è andato perduto!" affermai.
"Mi vengono i brividi!" rispose Elisabeth. "Ora dovremmo avvisare la Polizia!".
"No! Meglio di no, chi crederebbe a una storia del genere? Avremmo solo guai! Aspettiamo, semmai ci muoveremo in un secondo tempo. Ora dobbiamo solo pensare alla tua famiglia!".
I nostri bagagli stavano arrivando e con loro anche l'impazienza di giungere presto a casa Wilson. Stavo prendendo il mio borsone, quando mi parve di veder passare lontano tra la folla una persona che riconobbi come Roberta; non ero così sicuro che fosse lei in quanto il campo visivo non era proprio libero, ma il fatto mi lasciò perplesso; anzi, ormai la figura di Roberta era diventata per me una presenza inquietante.
"Che strano, è già la seconda volta che all'aeroporto mi sembra di vedere Roberta!" dissi.
"Dove? Non vedo nessuno! Per me invece è la seconda volta che non la vedo, devo preoccuparmi? Sarà solo un'impressione dovuta alla stanchezza" affermò Elisabeth guardandomi e cercando di

capire fino a che punto lo stress mi stava procurando allucinazioni.
"Mah… forse hai ragione! Sono effettivamente molto stanco per cui è facile che mi possa essere sbagliato!" esclamai mentre guardavo Elisabeth, ritrovando la serenità che avevo perso per un istante.
"Non è che questa Roberta ti interessa davvero?" chiese divertita.
"Assolutamente no! Anche se fosse la donna più bella del mondo, io ora ho qualcun'altra che ritengo degna di tutto me stesso!" risposi avvicinandomi ad Elisabeth e baciandola per l'ennesima volta.
Ora la priorità era arrivare tempestivamente a casa Wilson, il pericolo che l'organizzazione si vendicasse era elevato. Dovevamo essere pronti con un piano adeguato.
Giungemmo a Villa Fiorita nel primo pomeriggio. Qui ad attenderci felici sulla porta di casa trovammo Marisa e Matteo. Nel rivedere il luogo da dove tutto era cominciato, ci sembrava che il tempo passato fosse un'eternità. Le emozioni ora erano diverse, la felicità di essere arrivati a casa si contrapponeva al terrore di una futura e probabile tragedia.
"Non immaginate quanto sia felice di vedervi!" disse Marisa emozionata fino alle lacrime, mentre ci abbracciava.
"Mamma, abbiamo delle novità di cui devo immediatamente parlarti! E papà?" chiese Elisabeth raggiante.
"Sì, cara… ora entriamo! Sicuramente tutti avrete cose eccezionali da raccontare. Tuo padre è rimasto in casa, è tornato da poco ed è stanco!" esclamò Marisa elettrizzata dalla gioia.
"E tu, Matteo, hai aiutato tua madre a sopportare questa vicenda?" chiesi al ragazzo che pareva volesse dirmi qualcosa in privato.
"Sì, Simone! Ho fatto molto di più… ma te lo spiegherò dopo!" aggiunse misterioso.
Matteo continuava a fissarmi come se volesse comunicarmi qualcosa: lo vedevo impaziente e agitato, anche se cercava in tutti i modi di non farlo notare.
All'ingresso trovammo Thomas al telefono; non appena ci vide chiuse la comunicazione frettolosamente dicendo: "Ora non è il momento, ne parleremo più avanti!".

"Ecco i miei ragazzi! Che gioia vedervi, dopo tanto tempo passato lontano da casa!" esclamò stringendoci entrambi in un unico abbraccio.
"Spiegate subito quello che è successo! Mi hanno rilasciato ieri dicendo che tutto era andato a buon fine e che ero libero di far ritorno a casa, ma non mi hanno comunicato l'esito della vicenda, allora... cos'è la Pietra degli Dei? L'avete con voi o l'avete già consegnata alle persone che la cercavano?" chiese Thomas con aria impaziente.
"Be'... veramente l'abbiamo vista e anche toccata, ma non è più in nostro possesso!" rispose Elisabeth, mentre mi prendeva la mano stringendola forte.
In quel momento vidi Thomas abbassare gli occhi per osservare meglio il gesto che non gli era affatto sfuggito.
"Ah... ma forse c'è qualcos'altro di cui volete parlare?" chiese.
"Sì, Thomas! Vedi, in tutta questa assurda storia qualcosa di fantastico c'è..." e raccontai di me e di Elisabeth.
Mentre papà e mamma, felici, subissavano di domande quella che ormai era la mia ragazza, Matteo approfittò per tirarmi in disparte e, prendendomi per un braccio, mi disse di seguirlo; aveva ancora l'espressione di quando mi aveva accolto fuori dalla porta e la cosa iniziava a crearmi disagio.
Appena allontanati dalla cucina senza che gli altri facessero caso a noi, Matteo mi trascinò nello studio del padre e, chiusa la porta, mi disse: "Io sembro una persona che non ha interessi oppure che non vede quello che gli accade attorno, ma non è così!".
"Nessuno penso si sia fatto un'opinione del genere nei tuoi confronti; comunque, Matteo, non è questo il momento di parlarne..." esclamai un po' indispettito dalla situazione.
"No! Devi ascoltarmi perché è importante, ti prego!".
L'osservai dritto negli occhi e capii dal suo sguardo che aveva bisogno d'aiuto. Non potevo rifiutarmi.
"Ti ascolto... e sono qui se hai bisogno di me!" dissi sincero.
"Bene... è importante per me sentirtelo dire! Accidenti, da dove inizio?".
Dopo un breve silenzio per riordinare le idee, Matteo iniziò un

racconto che mi avrebbe lasciato alla fine senza respiro.
"Ti ricordi il giorno in cui tu e mio padre veniste qui in questo studio perché lui voleva parlarti a quattr'occhi? Io ero uscito in giardino con Paco per farlo giocare un po'. Senza volere, credimi, sono arrivato sotto la finestra per prendere una pallina che era finita nel cespuglio e qui ho sentito mio padre che ti parlava di quanto era accaduto ai tuoi genitori. Incuriosito ho ascoltato immobile quel terribile racconto e così ho anche saputo della lettera che loro, quel giorno, ti stavano portando e che è scomparsa subito dopo l'incidente".
Matteo fece una pausa prendendo fiato, mentre io iniziavo a tremare, colto da un brutto presentimento; subito dopo il ragazzo si chinò sulla scrivania e, aperto un cassetto, prese qualcosa che mi porse immediatamente.
"Ecco, penso sia questa la lettera che voleva portarti tuo padre! L'ho trovata pochi giorni fa, mentre cercavo dei numeri di telefono importanti che sapevo potevano essere in questo cassetto chiuso a chiave. Non mi chiedere come ho fatto ad aprirlo, ma quando ho visto che, ben nascosta, c'era questa lettera mi è subito venuto in mente il racconto di quella sera".
La mano tremante di Matteo si avvicinava alla mia, anch'essa vibrante per la forte emozione. I miei occhi si velarono di lacrime, la mia mente cercava di trovare una giustificazione plausibile, ma aveva troppe domande che l'affliggevano, mentre il mio cuore aveva accelerato i battiti.
Quella che tenevo ora tra le mani era stata la causa della morte dei miei genitori ed era stata l'inizio di tutta questa storia fatta di bugie e falsità. Dovevo sapere la verità e l'unica persona che poteva rivelarmela era Thomas.
In quel momento si aprì la porta dello studio ed entrò colui che ora vedevo sotto un'altra luce. Esigevo spiegazioni e ora era arrivato il momento: pretendevo quella verità che mi era stata negata per tanto tempo.
"Che fate qui?" chiese Thomas con tono severo.
"È tempo che tu mi dica il resto di questa storia, quella che non si conosce! Raccontami della morte dei miei genitori, di quanto

sei coinvolto in tutta questa vicenda!" dissi con voce tremante mostrandogli ciò che avevo in mano.
"La lettera…" disse mostrando sorpresa mista a rassegnazione.
"Già, la lettera! Ora devi per forza rendermi conto di quanto sai!".
Il mio tono era alterato, ero agitato e nervoso per la rivelazione appena ricevuta.
I miei sentimenti, che prima erano d'affetto, ora si erano trasformati in odio per la persona che avevo davanti e che, fino a pochi istanti prima, consideravo come un padre.
Anche Elisabeth e Marisa giunsero preoccupate, richiamate dalle nostre voci; ora Thomas doveva affrontare la realtà, guardando negli occhi le persone a lui più care, cercando di dar loro spiegazioni. Era arrivato il momento di dire la verità che aveva nascosto a tutti.
"Forza, Thomas! Adesso che hai la tua bella famiglia riunita, spiega come hai rovinato la mia e per chi lavori davvero!" gridai mettendogli la lettera vicino al volto.
"Papà! Cosa sta succedendo? Sei veramente coinvolto in tutta questa faccenda?" chiese Elisabeth che, guardando il padre col capo chino, aveva le lacrime agli occhi come se conoscesse già la risposta.
Il silenzio nella stanza era diventato irreale, potevo quasi sentire i battiti nel mio petto tanto il mio cuore stava pulsando. La mia mente viaggiava in cerca di una plausibile giustificazione, ero confuso, l'ansia saliva, ora Thomas doveva assolutamente parlare!
"Posso spiegare tutto se mi concedete il tempo per farlo, dopodiché penserete di me quello che vorrete e io non vi biasimerò. Ma dovete ascoltarmi, perché avrò anche sbagliato, ma non sono un assassino! Sono solo un uomo con le proprie debolezze, liberi di crederci" cercò di giustificarsi Thomas, ormai sfinito dalle pesanti accuse che gli avevo rivolto.
"Simone, è vero, ti ho mentito quel giorno quando, proprio in questo studio, ti parlai dell'incidente dei tuoi genitori. Ora ti spiegherò dall'inizio… devo farlo, ormai questa storia pesa come un macigno!".
Dopo una breve esitazione e con il corpo che vibrava assieme alla

voce, Thomas iniziò quella che finalmente era la sua confessione: "In quel periodo venni contattato da persone conosciute da amici, per una consulenza; la mia opinione dovevo offrirla proprio circa l'autenticità di quella lettera che tu, Simone, tieni in mano. Non sapendo la fonte della sua provenienza, cercai di capire a cosa si stesse riferendo il suo contenuto, ma ad ogni mia domanda le risposte erano sempre vaghe. Sapevo che avevo in mano qualcosa che scottava e che avrebbe messo nei guai me e altri che conoscevo, ma venni pagato per il mio silenzio. Queste persone in seguito mi fecero altre proposte allettanti che avrebbero migliorato le mie finanze e, di conseguenza, permesso di offrire il meglio alla mia famiglia. Non mi ero reso conto con che gente pericolosa avevo a che fare. Giorno dopo giorno vedevo crescere, all'interno di questa società segreta, il rispetto per il mio lavoro, tra l'altro ben pagato: non potevo chiedere di più. In seguito, però, venni a conoscenza di episodi decisamente fuori dalla legalità, per cui sarebbe stato meglio denunciare tutti, ma a quel punto scattarono le minacce di ritorsioni che avevano come oggetto la mia famiglia; così decisi di portare avanti il mio lavoro all'interno dell'Organizzazione senza fare troppe domande. Direte che sono stato un vigliacco; io credo sia stato un modo per difendere le persone che amo! Quando vidi quello che erano in grado di fare con la loro potenza e che godevano dello status di intoccabili, mi convinsi sempre di più che la collaborazione e il silenzio sarebbero stati sempre il mio biglietto da visita. Dissero che mi avrebbero dato tutto il tempo necessario per raggiungere lo scopo, che era quello di trovare il significato del contenuto della lettera e cioè che cos'era la Pietra degli Dei. Loro non avevano tanta fretta, ma io sì. Volevo scoprire quanto prima che cosa fosse, ma per fare questo avevo bisogno di qualcuno che mi aiutasse, un collaboratore in gamba che sapeva muoversi con maestria in questo campo. Quella persona, Simone, era tuo padre. Visto l'immane lavoro che si presentava davanti, dovevo essere aiutato da una persona sapiente, ma non potevo certo mettere al corrente il mio amico di quanto stava accadendo e in quale giro losco mi ero cacciato. Così decisi di fargli recapitare la lettera, omettendo il mittente, sapendo che lui sarebbe subito venuto da me una volta riconosciuto che cosa aveva tra le mani. Infatti, me lo trovai qui a casa in preda all'agitazione più totale, tanto che fui costretto a somministrargli quelle gocce che assumo anch'io per calmarlo. L'agitazione ricominciò quando cercai di spiegargli chi era il genere di persone che gli avevano fatto recapitare quella antica lettera e lui, in quell'istante, decise che tu, Simone, dovevi vedere quel documento e successivamente sareste andati dai Carabinieri per denunciare il tutto. Uscì immediatamente da questa casa visibilmente sconvolto, ma lucido nel cammino e nelle azioni che voleva intraprendere. Dovetti per forza avvisare colui che era sempre in contatto con me e che mi indicava ogni volta quello che dovevo fare; gli riferii dell'accaduto e di come aveva reagito tuo padre. Il suo comportamento mi aveva spiazzato e non sapevo che fare; ero troppo convinto che, vedendo un documento del genere, la passione per questo lavoro l'avrebbe portato a fare le mie stesse scelte, senza pensare alla legalità dell'operazione, ma solo alla conoscenza storica. Mi ero sbagliato. Dall'altro capo del telefono la voce mi ordinò di recuperare, a tutti i costi, la lettera che avrebbe potuto essere un'importante prova di colpevolezza, e se non l'avessi recuperata potevo dire addio a qualcuno della mia famiglia. 'Gli errori si pagano cari, signor Wilson…' mi disse, e io mi spaventai. Presi l'auto con la scusa di dover andare immediatamente a Piacenza da un collega per una questione di lavoro e mi diressi verso Milano, a velocità piuttosto sostenuta. Sapendo che tuo padre non guidava mai velocemente, speravo di raggiungerlo prima che arrivasse da te; lo trovai a pochi chilometri dal luogo in cui successe l'incidente. Quando mi avvicinai alla sua auto, iniziai a segnalargli con i fari la mia presenza, sperando che vedendomi si fermasse; invece non so che gli prese, magari non mi riconobbe e, iniziando ad accelerare, raggiunse una velocità che diventò pericolosa a causa delle curve strette che si trovano in quella zona. La mia intenzione non era quella di fargli del male, lo consideravo un fratello, ma quella di cercare di recuperare la lettera per cui avrei passato seri problemi. Lui non rallentò la sua corsa, anzi, in preda all'agitazione, spinse

ulteriormente il piede sull'acceleratore, finché vidi la sua auto sbandare sul ciglio della strada e alla fine sbattere contro l'albero che spezzò per sempre le loro vite. Terrorizzato urlai e, sceso dall'auto, mi avvicinai immediatamente alla sua sperando che, per qualche intercessione divina, non fosse successo niente di grave, ma la visione di ciò che mi si presentò non la dimenticherò mai. Tua madre era morta sul colpo, aveva la testa rivolta all'indietro con una profonda ferita sulla fronte; tuo padre invece respirava ancora ed era col corpo riverso sul volante. Molto lentamente lo afferrai per le spalle per appoggiarlo al sedile e, quando lo guardai in viso, vidi che gli usciva sangue dal naso, dalla bocca e purtroppo anche dalle orecchie. Presi il cellulare per chiamare un'ambulanza; lui mi guardò e, come se sapesse che ormai era giunta la fine, cercò di parlarmi, ma le parole non gli uscirono e nel momento in cui prese fiato per riprovarci, spirò davanti a me. Non ti dico la disperazione che provai in quel momento! Io ero la causa indiretta della sua morte, io l'avevo coinvolto in questa storia e lui, da grande persona onesta quale era, non era sceso a compromessi come invece avevo fatto io. Ma credetemi, lungi da me pensare di procurargli la morte. Ora avevo un peso terribile che dovevo portarmi dentro".
"E nessuno vide niente? E la lettera?" chiesi sconvolto dal racconto di Thomas.
"No, non vide nessuno! Il destino ha voluto che in quell'istante non passassero auto. Immediatamente dopo l'incidente si fermarono due mezzi, ma dissi loro che anch'io ero appena giunto sul posto. Nel momento concitato che si creò con l'arrivo di altre auto e con la Polizia che chiedeva ai presenti se sapessero della dinamica, io mi dileguai fra i curiosi che andavano aumentando. Prima che il luogo diventasse affollato, nel momento in cui tuo padre spirò, presi la lettera dalla tasca dove l'avevo vista riporre e la nascosi velocemente. Il progetto che l'Organizzazione aveva in mente non fu accantonato, ma solo rimandato al momento più opportuno; nel mondo erano in atto altre situazioni che tenevano occupati tutti i membri in faccende ritenute più importanti, o meglio: più lucrose. Poi Elisabeth terminò con successo gli studi

e trovò impiego proprio in Vaticano, non si poteva sperare in un posto migliore! E tu, Simone, con la tua esperienza e intelligenza potevi risolvere questioni complicate: insieme eravate una coppia perfetta per poter raggiungere l'obiettivo. C'era solo da trovare la motivazione valida per cui voi avreste dovuto accettare il compito; così facemmo credere al mio rapimento affinché foste obbligati ad agire in tempi rapidi. Appena entrati mi avete visto al telefono, ero con il mio interlocutore che mi comunicava l'esito disastroso del vostro intervento e ora temo per tutti! Quelle persone possono uccidere!" disse Thomas terrorizzato.

"Abbiamo già visto che cosa sono in grado di fare, comunque..." stavo per continuare, quando si aprì la porta d'ingresso in seguito ad un forte colpo e, contemporaneamente, i vetri della finestra andarono in frantumi.

"Grazie per la confessione, signor Wilson! Ora la ripeterà anche davanti al Giudice!".

Era la voce familiare di una figura di donna che ora vedevo bene davanti a me.

"Tu?" dissi con aria sorpresa, rimanendo paralizzato per l'imponente schieramento di Forze dell'ordine che aveva appena circondato la casa.

Roberta era ferma sulla porta dello studio, mentre gli agenti in divisa entravano dirigendosi verso Thomas.

"Proprio io! Non te l'aspettavi, lo so, ma non potevo certo pedinarti dicendoti la verità sul mio lavoro! Stavamo dando la caccia a questa banda di criminali e truffatori da tanto tempo, anche con collaborazioni all'estero. Alcune soffiate mi avevano riportato il tuo nome e quello del più coinvolto signor Wilson. Ti seguivamo per controllare ogni tua mossa; all'aeroporto c'è mancato poco che tu mi scoprissi, ma ora ce l'abbiamo fatta!" disse orgogliosa e soddisfatta.

Roberta estrasse dalla giacca il suo tesserino di riconoscimento nel quale c'era scritto "Ispettore Capo" e me lo mostrò per autenticare la sua posizione; immediatamente dopo entrò colui che avevamo visto come accompagnatore al ristorante sui Navigli.

"Ti ricordi di lui?" mi chiese Roberta.

"Sì, l'avevi presentato come un tuo collega!" risposi ancora confuso.
"Infatti è l'agente Spina, è mio collaboratore da otto anni!".
Elisabeth, che non si era ancora completamente capacitata degli avvenimenti dell'ultima ora, si sedette sul piccolo divano in un angolo; accanto a lei c'era Marisa, in lacrime per le rivelazioni tremende che aveva udito e perché vedeva il marito travolto da questi eventi.
Eravamo tutti fermi a controllare i movimenti degli agenti che, avvicinandosi a Thomas, gli avevano già messo le manette ai polsi.
"Signor Wilson, se contribuirà con la sua confessione alla cattura delle persone al vertice di quest'Organizzazione, potrà sicuramente usufruire delle misure di protezione riservate ai collaboratori di giustizia" dichiarò Roberta, dopo avergli elencato i suoi diritti.
"Penso che la collaborazione sia doverosa, per me... e soprattutto per la mia famiglia, la quale spero potrà perdonarmi un giorno! Simone, ti chiedo perdono per tutto il male che ti ho procurato con il mio comportamento egoista; lo so che per te ora sarà difficile, ma ti chiedo solo di provarci!" esclamò Thomas impaurito, ma sollevato per essere riuscito a raccontare il segreto che celava da tanto tempo.
"Il tempo aiuta a valutare, riflettere e perdonare! Ringrazia l'amore che provo per Elisabeth che non si meritava tutto questo da parte tua, ma uniti ce la faremo!" dissi guardandola mentre piangeva scossa dagli eventi.

Era passata una settimana da quel tragico pomeriggio in cui mi era stata rivelata la verità sulla morte dei miei genitori e Thomas era stato arrestato; Elisabeth si era presa ancora qualche giorno di vacanza per restare accanto alla madre e al fratello e io avevo sistemato varie pratiche burocratiche relative al processo del padre della donna che ormai amavo alla follia.
Una sera, dopo esserci scambiati la buonanotte, Elisabeth ed io salimmo in camera. Qui lei si avvicinò alla finestra e, notando un cielo particolarmente limpido e stellato, spense la luce

chiamandomi accanto a sé per farmelo notare: "Guarda, amore, quante stelle! Chissà se fra queste c'è la Stella Madre!".
Mi avvicinai e, abbracciandola mentre insieme osservavamo la bellezza dell'Universo, le dissi: "Che meraviglia! Sicuramente ci sarà pure quella indicata dalla Pietra degli Dei, peccato però che nessuno lo scoprirà mai, è stato solo un nostro privilegio poterla vedere... ma ora vieni qui da me!".
La presi in braccio, l'adagiai lentamente sul letto e, baciandola, mi persi nel vortice della passione del nostro grande amore.

Ringraziamenti

Desidero esprimere la gratitudine che provo nei confronti delle persone che mi hanno aiutata in questa non facile impresa. Sono coloro che mi hanno sostenuta, incoraggiata e anche criticata in modo costruttivo.
Voglio ringraziare in modo particolare l'amico Franco Corradini, Maestro d'Arte e di vita, il quale mi ha aiutata a capire la strada da seguire se volevo ottenere buoni risultati; le sue critiche e i suoi consigli mi hanno fatto comprendere il duro lavoro dello scrittore e mi hanno insegnato ad avere fiducia in me stessa.
Poi ringrazio il prof. Antonino Magistrali che ha da subito creduto in questo lavoro, incoraggiandomi nel mio cammino e affermando che non dobbiamo mai smettere di lottare per ciò in cui crediamo.
Da ultimo, ma non in ordine di importanza, voglio ringraziare dal profondo del mio cuore la prof. Bruna Boccaccia, fondatrice delle Edizioni Pontegobbo, senza la quale tutto questo non sarebbe stato possibile. Ha creduto in me, mi ha fatto lavorare sodo affinché questo libro potesse essere definito tale. Ha avuto la pazienza di una madre nei confronti della propria figlia e gliene sarò grata per sempre. Se oggi voi state leggendo queste pagine, che mi hanno preso anima e corpo, è grazie a lei.

Indice

L'elenco completo delle pubblicazioni
delle Edizioni Pontegobbo è consultabile sul sito
www.edizionipontegobbo.com

Finito di stampare
nel mese di Febbraio 2013
Centro Stampa DIGITALPRINT - Rimini